· ———— ·奇想文库· ———

那一天，小鸭决定离开

[意] 葆拉·马斯特罗科拉　著

[意] 西蒙娜·穆拉扎尼　绘

范　琛　译

南京大学出版社

献给我的儿子。

他四岁时，曾问我：

猫知道自己是一只猫吗？

奇想国童书
Everafter Books

项目策划　奇想国童书
项目统筹　李婉婷
装帧设计　李燕萍

目
录

第1章

温暖的毛绒拖鞋

01

圣诞夜，一辆满载物品的小货车在通往小镇的公路上横冲直撞。

车之所以开得飞快，是因为司机杰克向妻子承诺过："放心吧，亲爱的，晚上八点我一定准时出现在你的面前！"

每年的圣诞夜，他们都会一起享用岳母精心准备的圣诞大餐——意式饺子。如果煮过了头，饺子皮会破，美味的馅料会散落出来，那么整顿圣诞大餐可就全泡汤了。

这么说，货车开得飞快就情有可原了——为了赶在岳母的圣诞大餐泡汤前坐到家里的餐桌旁，可不得开快点儿吗？！

眼看快八点了，在临近镇子的最后一个拐弯处，司机杰克突然猛地打了一把方向。

圣诞树的装饰彩球、色彩鲜艳的礼物包裹、装满无花果的小桶、橄榄油腌制的青椒以及一瓶瓶的香槟酒……车厢里装的货物通通都被甩了出来。这个拐弯处恰好又是个下坡，所以这些被甩出去的货物便顺着路面叮叮当当地滚了下去，怎么也停不下来。

她也随着这些货物被甩了出去，并且和货物一同沿着下坡路不停地翻滚着。

显然，她不属于车上的任何一个包裹，也没有人知道她是怎么混进这个车厢的。总之，她就和其他东西一起出现在了车厢里，又一起被甩飞了出去。她滚得飞快，好像一只被用力踢出去又被狂风推揉着前进的足球。毕竟，这是一条下坡路，而且夜里还刮着大风。

更糟糕的是，她还只是个刚刚出生的小家伙。

整个车厢里只有她是刚出生的小生命。

也许，她是在货车猛烈转向时破壳而出的；也许，她是在货物陆续从车里飞出来时出生的。没人知道她出生的准确时间，反正，她就在这个弯道上出生了。她在一个圣诞夜飞驰的货车上出生，又连同货物被甩飞出去。然而，这还没完。

最后，她撞到了一个垃圾桶，终于停了下来。

幸亏停下了，如果再这么滚下去，她那刚出生的脆弱的骨头可能就要被摔碎了。这个垃圾桶又破又臭，她却没有刻意躲开，毕竟她才刚刚出生，既不知道什么是垃圾桶，也不明白什么是香或臭。

她只知道自己冷得要命。幸好，好运又一次眷顾了她——垃圾桶旁边有一只被丢弃的灰白色毛绒拖鞋，是一只趴着的老鼠的造型。她压根儿不知道老鼠是什么或者拖鞋是干什么用的，她只是感觉里边好像很暖和。于是，她朝着拖鞋凑了过去。

刚出生便住在拖鞋里，这并非每个人都会遇到的事，我们的小主人公恰好遇到了。

她趴在拖鞋里美美地睡了一觉，梦到的都是自己出生之前的事。

当她醒来时，已经过了整整一夜，天气依然很冷。黏糊糊的汤汁顺着垃圾桶的边沿滴下来，她本能地张开小嘴接住，然后吞了下去。没有人喂她，她只能靠着垃圾桶里的菜汤，一天天地活了下来。

等到她长到足够大，她便从拖鞋里钻了出来。她站在拖鞋跟前，第一次认真地打量起这只老鼠外形的拖鞋——圆圆的耳朵、长长的胡须以及用玻璃做的亮晶晶的眼睛。这是她自打出生以来见到的第一样东西，于是，她把拖鞋当成了自己的妈妈。她张开两只小翅膀搂住拖鞋，用自己的嘴不停地啄着，嘴里奶声奶气地说道：

"妈妈，我爱你！"

第2章

啃咬或者思考

01

小鸭的日子过得简单极了。她每天在拖鞋里睡到自然醒，然后嘎嘎嘎地跳出来，在附近溜达。每天，她都会走得比前一天更远一些，这样她就能看到更大、更新鲜的世界了。当然，她从不会让妈妈脱离自己的视线。晚上，她仍然会蜷缩在妈妈温暖的怀抱中，舒舒服服地睡上一觉。

她很开心能有这么一个拖鞋妈妈。有时，她会躲在灰溜溜的老鼠耳朵后边，仿佛那是两块窗帘；有时，她又会在附近的垃圾桶里翻出一把破梳子，然后用嘴叼回来给妈妈梳头。她没见过别人给妈妈梳头，但见过附近的一位先生这样摆弄自己的小狗——虽然那位先生是在给小狗除跳蚤。

当看过更广阔的世界之后，她意识到了一个可怕的问题：其他宝宝都是由妈妈带着出去散步的，而她的妈妈一动不动，压根儿不可能带她去探索外面的世界。

这让她非常苦恼，甚至让她产生了不想拥有这样一个妈妈的念头。她不希望自己只能围绕着拖鞋妈妈，在周围有限的区域里活动。在小鸭看来，应当是由父母带着孩子去认识和探索世界。

可惜，她似乎也想不出什么解决的办法。

直到某一天，一个路人出现了。

这是一只年轻的海狸，他的家在小镇附近的一个大湖边上，那里有一个海狸社区。

这个社区十分热闹，所有的海狸都是工程师，除了建造大坝，他们什么都不干。无论是岸边，还是浅水滩的淤泥里，到处都是他们的建筑工地：遍地是木板、砖块、锤子，以及穿着工程服、戴着头灯的海狸们。之所以要戴头灯，是因为他们连晚上都在工作。夜里，如果从路边朝湖面望去，你会看到星星点点的头灯灯光正疯了似的来回移动。有人说："那是萤火虫。"有人反驳说："冬天哪儿来的萤火虫，那些是飘荡着的亡者灵魂。"其实，那既不是萤火虫也不是亡魂，而是上夜班的海狸工程师在辛勤地忙碌。

海狸们总是忙着修大坝，一座接一座地修。也许，在他们的认知里，整个世界都是由大坝搭建而成的吧。

一只路过的海狸看到了躲在垃圾桶的阴影下正闷闷不乐的小

鸭。于是，他非常有礼貌地伸出手，打招呼道："很高兴认识你，我叫乔治。"

话音刚落，他又接着问道："你是遇到什么麻烦了吗？"

"是啊，你没看到吗？我的妈妈不愿意带我去散步。"

"她为什么不愿意带你去散步呢？"

"你没看到吗？她动不了。"

乔治疑惑地转着脑袋四下看了看，开口问道："你妈妈在哪里呢？"

"就在这儿啊，你看不到吗？"

乔治又四下看了看，老老实实地回答："我只看到了一只拖鞋啊。"

"一只……什么？"

"一只拖鞋。"

他们花了一些时间来理解彼此的话，因为有的时候，互相无法理解只是因为交谈还不够深入。所以，过了一会儿，小家伙明白了乔治所说的"拖鞋"是指她的妈妈。又过了一会儿，乔治也明白了小家伙把一只拖鞋当成了自己的母亲。

最初，乔治实在搞不懂这是怎么一回事儿。于是，他选择暂时保持沉默，并在身边的垃圾桶旁坐了下来，打算花点儿时间来把这件事理顺。

是的，乔治是一只爱思考的年轻海狸，打一出生就跟其他海狸不一样——他压根儿就不喜欢啃木头，长大后，也不想墨守成规地当一名工程师。他是整个社区里唯一一只有这种"叛逆"思想的海狸，所以被视为社区里的"不良典型"。

要知道，所有的海狸都想当工程师，他们被称为"天生的工程师"（生活中类似的"天生的职业"不胜枚举）。

乔治的父亲——老工程师雷吉纳德·卡斯特是这个海狸社区的主任。他为儿子的叛逆与另类操碎了心，连毛发都愁白了——因为早年丧偶，儿子的教育任务便全压在了他的肩上。作为唯一一只白海狸，驼背臃肿的雷吉纳德在忙忙碌碌的大坝工地上显得十分扎眼。晚上，同事们结伴到酒馆里消遣时，他也不和其他海狸打牌，只是独自弓着腰，蜷成一团，反复念叨着：

"为什么是我？为什么是我啊？……"

有时他会把这句话说完：

"为什么是我摊上了这么个儿子啊？……"

同事们都能理解他的心情，乔治并不是个坏孩子，只是过于固执。乔治认准了这辈子只想思考问题，为此，他甚至决定去牛津大学进修哲学。

"去牛津？"

周围的海狸听了都十分惊讶，开始苦口婆心地劝阻。大家告诉他：即便是在湖边的家里像其他海狸一样啃木头，同样可以好好地思考人生，完全没必要去牛津大学学习哲学。

乔治反驳道："啃木头和思考是两码事，怎么可能一起做呢？"

于是，海狸们对乔治的印象变成了"海狸社区主任那个游手好闲的儿子"。不过，他们也只是在心底想想，在老雷吉纳德面前，大家总会巧妙地避开这个话题。有这样一个离经叛道的儿子已经够可怜的了，邻居们又怎么忍心再刺痛他呢？

这一天，乔治倚着垃圾桶坐下，开始认真地思考：为什么会有动物认为自己是拖鞋的孩子？不过，他想了好一会儿也没有任何头绪。每当遇到这种情况，他通常会选择更深入地探究，以获取更多的分析素材。于是，他扭头问道：

"所以，你是什么动物呢？"

"一只拖鞋！"小鸭不假思索地大声回答道。

原来如此！只要深入探究下去，总能找到问题的根源，而他现在面对的问题核心就是"拖鞋"。

"拖鞋？"乔治一头雾水地小声重复，随即又开始思索。

"对啊，是你告诉我的，我的妈妈是一只拖鞋……"

乔治的思路一下子被打开了。他确实是一个思考能手，梳理一番之后便找到了答案——一条颠扑不破的真理：我们刚出生时，并不知道自己是谁。

那么，我们又是怎样得知自己是谁的呢？当然是别人告诉我们的！如果没有人告诉我们答案，我们就永远不会知道自己是谁，对吧？

得出这个结论之后，乔治感觉好多了，思维开始进一步发散。拿他自己来说，之所以知道自己是一只海狸，是因为爸爸老雷吉纳德日复一日地在他耳边念叨："你要记住，你是一只海狸！"如果有这么一个老爸，想必任何人都会对自己的身份产生根深蒂固的认知，丝毫不会怀疑。可是，眼前这个可怜的小家伙怎么办呢？显然，拖鞋不会说话，所以没有人告诉她，她并不是一只拖鞋。因为没有人告诉她这个事实，而她又认定自己的妈妈是那只拖鞋，所以才会认为自己也是一只拖鞋。

沿着这个逻辑一步步推理的时候，乔治感觉好极了。他从中获得了一种真正的精神享受，也得到了极大的自我满足。他很高兴自己可以像这样思考，也意识到自己应该照顾这个自认为是一只拖鞋的新朋友。他想带她去海狸社区看一看新的世界。是的，他要带她离开这里。

现在需要解决的问题是，如何将拖鞋妈妈也带上。否则，小鸭是不会走的，她一直在垃圾桶周围守护着妈妈，就像妈妈永远不会抛弃孩子一样。想到这儿，乔治的脸上露出悲伤的神情。该怎么让一只不会动的拖鞋动起来呢？

作为一只海狸，他自然而然地想到了用工具来解决问题。话说回来，如果他把这种天赋用到建筑专业上的话，想必会成为一位顶尖的工程师……

他从家里翻出一个装满各式各样工具的大箱子——每只海狸生来都会拥有这样一个工具箱，里面有钉子、锤子、螺丝刀、钳子、钻头、螺丝、螺栓……应有尽有。乔治花了一天的时间在丛林里啃咬和打磨需要的木头，天黑的时候，他抱着一块方方正正的木板和四个圆圆的木圈回到家里。乔治用牙齿和工具又工作了整整一夜，终于大功告成——他造了一辆小板车！有了这辆小板车，小鸭就可以带着拖鞋妈妈到处跑了。

乔治在小板车的前端系上绳子，把绳子的另一头递给小鸭，说道：

"好啦，现在你可以和妈妈一起去任何想去的地方了！"

这突如其来的幸福让小鸭开心得快要晕过去了。她迫不及待地接过绳头，拉着拖鞋妈妈在高低不平的马路上疯跑起来，东拐西拐，一会儿跑出一个Z形，一会儿闷头直冲，一会儿又像陀螺一样在原地不停地旋转。总之，她真的高兴坏了。

不过，在外人看来，仍然是她拉着拖鞋妈妈前进，而不是拖鞋妈妈主动牵着她散步。

但这毕竟是乔治辛辛苦苦忙碌了一天一夜的成果，而且仔细想想：换作我们，我们愿意在脖子上套一个绳圈，让别人牵着走吗？所以，还是由小鸭牵着拖鞋妈妈吧。话说回来，只要能够同行，谁拉着谁真的重要吗？

等到小鸭疯够了，玩累了，乔治便正式邀请她去海狸社区做客。于是，小家伙蹦到小板车上，钻进拖鞋妈妈的怀抱，由乔治拉着她们出发了。

社区里的海狸们看到了非常让人困惑的一幕：远处的地平线上，一只海狸飞奔而来，身后拖着一只装着四个轮子的假老鼠。假老鼠里边坐着一个毛茸茸、脏兮兮的小家伙，这个小家伙紧紧地抓着老鼠脸上的胡须，仿佛抓住了驾车的缰绳。

假如你看过配有插图的历史书的话，一定会觉得它像极了古罗马的战车。

02

乔治的父亲亲自来迎接小鸭——作为德高望重的海狸社区主任，他有义务代表所有海狸接待远道而来的新朋友。

老雷吉纳德邀请小鸭来到岸边的露天剧场，这里是一片背靠山丘的剧场遗迹，也是这个海狸社区的发源地。整个社区的海狸都来了。他们坐在剧场的石阶上，确切地说，是坐在被时间侵蚀得斑驳残缺的石阶上。老雷吉纳德用他那饱经沧桑的声音问道：

"请问，你是什么动物呢？"说罢，他拿着放大镜凑上去仔细观察小鸭。

空气中弥漫着等待回答的寂静。

"一只拖鞋！"小鸭稚嫩的声音又尖又细，回答得却没有一丝迟疑。

"嗯……"

整个剧场的海狸异口同声地沉吟：

"嗯……"

老雷吉纳德是一只经多见广的老海狸。在漫长的人生中，他见过形形色色的人和事，但当面听别人自称是一只拖鞋还是头一遭。他紧张地抓了抓自己扁平的尾巴，说道：

"可是，你有羽毛呀。拖鞋怎么会有羽毛呢？有羽毛的动物应该是小鸟啊，所以嘛，很高兴认识你，可爱的小鸟小朋友……"

这是第一次有人这么称呼小鸭，但她好像不太喜欢这个名字，而且，她也不知道老雷吉纳德所说的羽毛是什么意思。于是，她询问是否有谁愿意解释一下什么是羽毛，而她的羽毛又在哪里。

整个圆形剧场的海狸都发出了窸窸窣窣的笑声，这声音不约而同地从他们锃亮的大门牙间冒出来。

老雷吉纳德惊讶地发现，自己竟不知道该怎么定义"羽毛"一词。的确，正如那些负责定义词语的专业人士所说，世界上最困难的任务莫过于给词语下定义，尤其是那些指代常见事物的词语。既然这个词本身就是用来定义某个事物的，那又该如何解释这个词本身呢？

老雷吉纳德只能试探性地从小鸭的胸口扯下一根羽毛。小鸭下意识地发出了"哎哟"一声，瞬间就明白了什么是羽毛。她非常高兴，因为当有人告诉我们一些关于自己的情况时，我们会觉得……怎么说呢，对自己更了解了，自我认知更清晰了。那是一种踏实而满足的心情，仿佛自己不再那么孤单了。

她现在知道自己身上有羽毛了，这就比什么都不知道要好得多。

现在，小鸭纠结的问题变成了：为什么身上有羽毛就不可能是一只拖鞋？显然，老雷吉纳德的回答并不严谨。这就像是在说：有胡子的动物就不可能是鱼。事实上，有的鱼没有胡子，有的鱼的确有胡子！

不过，老雷吉纳德不动声色地转移了话题，而小鸭也不想继续为了拖鞋有羽毛还是没羽毛的问题去纠缠他了。

老雷吉纳德说："你可以和我们一起工作，这样的工作经历应该会对你有好处。"

话音刚落，圆形剧场里便响起了雷鸣般的掌声，仿佛要将这座本就残破的遗址震塌一般。在场的海狸都觉得老雷吉纳德说得很有道理，因为他们向来认为工作对自身有极大的好处。

海狸居民们迅速为小鸭安排妥当。她领到了新洞穴的钥匙，以后这里就是她的住所了。她还拿到了全套的工作装备：蓝色帆布工作服、胶皮靴、一条有很多挂钩的腰带、冰爪以及锯子，当然，还有必不可少的头灯。

"装备完毕，你是我们的一分子啦！"海狸们拍拍小鸭，满意地笑了。

第二天天不亮，海狸们便带着她搭上了去上班的公共汽车。小鸭依然带着拖鞋妈妈和那辆小板车。是啊，怎么能把拖鞋妈妈独自留在家里呢？

海狸们分给小鸭一片秀美的湖泊，告诉她可以按自己的想法在湖里筑坝。

从那天开始，她感觉自己变成了一只海狸，再也不自称是一只拖鞋了。

03

小鸭在海狸社区生活的时光快乐又纯粹。

她每天和海狸们一起，天不亮就挤上公共汽车去上班。尽管她没有牙齿，但仍然学会了啃木头；尽管她没有锋利的爪子和强健的双腿，但仍然学会了挖隧道。

不过，她的腿始终是一个大问题。首先，海狸们都有四条腿，她却只有两条腿；其次，她的两条腿纤细得像两个面包棒，瘦弱得像风中的细枝；最要命的是，她的脚趾之间还有蹼，看起来就像是卫生纸糊成的脆弱的扇面。

即便如此，她还是坚持工作，努力学习挖洞。但严格来说她根本不是在挖洞，而是在地面上蹦蹦跳跳，直至造成了真正的、字面意义上的"滑坡"。

不愿成为工程师的乔治则还是老样子——他不工作，每天都待在湖边，看着她，想着她。

"我很想你！"他远远地向她挥了挥手，她高兴得脸都红了。

他就这么看着小鸭工作，越是看她，就越想她；越想她，就越是看她。小鸭也是这样，越是感觉到被注视着，越会努力地挖洞，挖得越多，滑坡也越多。

这种恶性循环亟须一个解决办法，乔治便又发挥自己的长处——开始思考起来。

他想了很久，终于想到一个办法。趁着一次茶歇时，他凑到小鸭的跟前，告诉她，她和海狸不一样，没有适合挖洞的爪子，如果想继续用自己的脚蹼挖土的话，不如想象自己在做别的事情。

"比如做什么呢？"小鸭一脸困惑地问道。

她可以不要认为自己在挖洞，想点儿别的……比如……正在游泳！对，她可以想象自己正在游泳！

没人知道他是怎么想出这个主意的，正如没人知道想法是如何产生的。新想法出现的时候，我们只要准备好接受它就行了。乔治特别善于接受他脑海中出现的一切想法，他有自己的一套接受策略，而且效果非常不错。要不怎么说他是一位优秀的思考者呢，何况他还要去牛津大学进修呢。

小鸭想象不到怎么在陆地上游泳，游泳不是应该在水里吗？不过，她很快就把这个想法抛诸脑后了。毕竟想法这个东西来得快，去得也快。

小鸭尝试着按照乔治的建议去做——用"陆地游泳"的方式去挖土，竟然真的奏效了！她很快就掌握了新的挖土方法——两条腿像风车一样飞快地刨土，脚掌穿过泥土的感觉像划水一样，不一会儿，她就学会了刨土挖洞。

这可真是思考带来的奇迹啊！小鸭从中总结出了一个道理：如果你想做好一件事，就应该把它当作另一件自己擅长的事。

"谢谢。"小鸭说。

"不客气。"乔治回答道。

事实上，小鸭还是没能挖出洞来——她只是用双脚拍打地面，用脚掌的力量让土移动了几厘米而已。不过这样也挺好，毕竟她相信自己是在挖洞。乔治为她的进步感到骄傲，至于其他的海狸，并不会来核实小鸭究竟干了多少活，他们自己都忙不过来呢！海狸们从黎明时便开始把树推倒，用牙齿锯木料，再把木料拖进湖里，垒成大坝的形状。他们把每分每秒都安排得满满当当，怎么会有时间去留意这位新来的朋友的工作成果呢？

有一天，小鸭凑到老雷吉纳德身边，问道："我们为什么要修建这些水坝？"正沉迷于工作的老工程师被吓到了，气得往后一跳，差点儿掉到湖里。

又有一天，小鸭再次凑到老雷吉纳德身边，忧心忡忡地问道：

"为什么要把这些树锯断呢？如果这些树都用完了该怎么办？"

老雷吉纳德又被气得后跳了一步，又一次差点儿掉进湖里。

小鸭并不想激怒老雷吉纳德，她想不明白，他为什么会那么生气。在她看来，锯断周围所有的树，去建造不知道干什么用的大坝毫无意义，而一个光秃秃的、没有树木且盖满了大坝的世界，同样索然无味。相较之下，她更希望这个世界树木茂盛、郁郁葱葱，一个大坝都没有才好呢。再往深里想，她不理解为什么不能保持世界本来的样子，反而要根据每个人的意愿一个劲儿地去改变它。

小鸭觉得自己的这个想法很有哲理，于是去找善于思考的乔治交流。乔治听到后，浑身的毛仿佛都亮了，他告诉小鸭：第一，永远不要询问忙碌的人为何要做手头的工作，否则便会惹怒他们；第二，人们喜欢改变世界，不要阻止他们这样去想、去做，明白吗？

每天中午都有茶歇时间，通常会有三只穿着白色围裙、戴着徽章的海狸姑娘为工作的海狸工程师们分发咖啡。

每当这时，乔治便会坐到小鸭身边，但他从不喝咖啡。可能是因为他不工作，所以不应该享受茶歇时刻；或者说，他只能休息，但没有咖啡喝。

到了晚上，乔治会和小鸭一起坐在湖边，赏月或沉思。他一只手搂住小鸭的脖子，跷着二郎腿，低声说道：

"今早的湖景可真美啊！"

小鸭怯生生地说："可是，现在不是早上……"

乔治温柔地回答道："宝贝，我知道现在是晚上，我只是引用了一句台词而已。"

这是乔治的偶像乌戈·托尼亚齐①的电影中的一句台词。小鸭既不知道托尼亚齐是谁，也不知道"引用"是什么意思。不过她倒是喜欢晚上下班后和乔治一起去电影院。中场休息时，乔治会给她买爆米花。他们沉默不语，在月光下静静地吃着。

有时候，老雷吉纳德会邀请他们两个共进晚餐。当然，他也会邀请拖鞋妈妈——难道能不邀请儿子的朋友的妈妈吗？他每次都会亲自下厨，煮上一大锅浓郁鲜香的榛子坚果汤，晚饭后，还

---

① 意大利知名演员、编剧、导演，意大利喜剧界泰斗，曾获得戛纳国际电影节最佳男主角奖。

会和乔治坐在壁炉前，聊上一会儿。

老雷吉纳德打心底里希望这只小鸭能够帮助儿子回到正轨，说服他认同作为一只优秀的海狸就应该成为一名顶尖的工程师。老雷吉纳德每次和儿子聊天时，脑海里都会涌出这些想法。

老雷吉纳德还很贴心地给小鸭和拖鞋妈妈准备了高山草茶——准确地说，只有小鸭独自捧着杯子低头啜饮，毕竟妈妈作为一只拖鞋无法喝茶。

04

这是糟糕的一天，因为发生了一件可怕的事。

那天，小鸭和往常一样上了公共汽车，到达工地后，便开始和工友们一起啃木头，直到茶歇时才停下。然而，当她转头准备询问拖鞋妈妈想不想喝咖啡时，却发现拖鞋妈妈失踪了！

眼前只剩下乔治做的拖车——一块孤零零的平板和四个愚蠢的轮子。她一下子惊慌失措起来。

"乔治！我妈妈丢了！乔治，快来啊！"

小鸭在湖边、露天广场和山上边跑边喊，乔治也被吓昏了头，跌跌撞撞地去报警。

警察很快就到达现场，他们把公交车里里外外检查了个遍，甚至还叫来了一队潜水员，把湖底也翻了个底朝天。接着，他们又叫来推土机和挖掘机，把海狸社区的整个山头都刨了一遍，仍然一无所获。

警察们扩大搜索范围，又把邻近的社区排查了一圈，终究还是徒劳，没人知道拖鞋妈妈是怎么失踪的。显而易见，这是一起盗窃案件，有人偷走了拖鞋妈妈。

可是谁会去偷一个拖鞋妈妈呢？偷窃的动机是什么呢？

乔治思考着这两个问题。尽管他也为小鸭感到难过，但这样的谜题无疑激起了他作为思考者的好胜心。他绞尽脑汁地思考着，并沉浸在想法不断涌出的快感中不能自拔。

或许拖鞋妈妈本来就是一只丢了的拖鞋——乔治的意思是，拖鞋妈妈是一双拖鞋中被主人丢掉的那只。可能是拖鞋的主人在圣诞夜收到了一双新拖鞋，但弄丢了其中一只，又或者是被人偷走了，再或者这双拖鞋是他讨厌的前妻送的。于是，那天晚上，他走到街上，把其中一只拖鞋扔进了垃圾桶。不，他把两只都扔了，只是恰好有一只没扔进垃圾桶，摇身一变成了小鸭的拖鞋妈妈。现在，拖鞋主人又和前妻和好了，于是决定找回拖鞋。垃圾桶里的那只一下子就被找到了，而另一只，也就是拖鞋妈妈，坐在小板车上来到了海狸社区。主人可能找了好久，现在终于找到了，就把它带了回去，结果导致小鸭变成了孤儿……也许，很多时候我们的快乐都会建立在他人的不幸之上，反之亦然。但对于拖鞋妈妈来说，这可能是一件好事，因为它会与它的姐妹——另一只拖鞋重逢，毕竟它们生来就是一对儿的，如果有一只丢了，那另一只也就失去了价值，只能被扔在一边黯然流泪了。或者，再换一个角度想想呢？啊……头好痛！

当我们思考了一段时间之后，必须要停下来，休息一会儿，让脑子放空，不然想法就会堆叠到一起。好比我们打开了围栏，让一群马肆意奔跑，却没有明确的方向，它们最终就会挤成一团。所以，当我们意识到思绪乱了的时候，一定要停下来。

夜幕悄悄降临了。

所幸夜幕总会在某刻悄悄降临：湖面、警察、潜水员、咖啡、滑坡……都被夜色笼罩着。夜幕下，乔治也停止了思考。

第二天早上，海狸们恢复了正常的工作，毕竟修建大坝才是他们的使命。

"但我还没找到妈妈呢！"小鸭泪流满面地说。

真是个可怜的小家伙。当我们遭遇不幸时，都会认为整个世界应因此停止运作。可事实上时间从未停下自己的脚步，它为什么要停下呢？

乔治并没有和小鸭待在一起，但这只是暂时的。他找到一个安静的角落径自躺下，双腿交叉，仰头望着天空。他冷静地思考着一个问题——如何找到小鸭那独特的拖鞋妈妈？如何才能找到一只拖鞋呢？拖鞋平时都住在哪里呢？过着怎样的生活？……一系列的问题又涌了出来，可乔治想不出任何一个问题的答案。他感到一丝绝望，看来想要帮助到小鸭并不容易。

老雷吉纳德也很沮丧。他本以为儿子乔治会为了帮助小鸭而不断地挖土、砍树、造桥修路，以便她走起来更方便些。事实恰恰相反，乔治什么都没做。他的梦想破灭了，他拿着望远镜，看见他的儿子失落地躺在远处的草地上，嘴里叼着一片草叶。

"他居然叼着一片草叶！你们看到没？"老雷吉纳德怒不可遏地对其他忙碌的海狸说道。他们摇摇头，怜悯地看着老主任。

小鸭意识到，在海狸社区继续待下去也是徒劳，她决定出去寻找拖鞋妈妈。她本想让乔治陪着她一起去，然而看到乔治懒散地躺在草地上后，她便不好意思去打扰他了。

小鸭把工装、头灯和腰带交还给社区，拖着妈妈坐过的小板车，缓步离开了。她没跟任何人打招呼，甚至都没有去和乔治告别，她怕自己的告别会打断他的思绪。离去前她扭头看了一眼，乔治还是那个样子，仰卧在草地上，嘴里衔着一片草叶。

远远望去，人们会看见一个驼背的小家伙，跌跌撞撞地拉着一个装着轮子的奇怪小板车，那是某天一个什么都不想建造的小海狸为她精心啃出来的。

第3章

波特朗·斯特雷尔的黑翅膀

01

当不幸发生在我们身上时，我们首先想到的，常常是逃离，似乎这样不幸就会被留在原地；然而，不幸不会被留下，而是会伴着我们前行。

小鸭走了好远好远，脚都走疼了。为了避免迷路，她一直沿着宽阔的大路行走，她小心翼翼地靠右前行，以免被路过的大卡车轧到。

晚上，她就睡在小板车上，这样会让她觉得拖鞋妈妈还在身边。她时不时还会和小板车说说话。每天睡觉前，她总会仰着躺一会儿，权当是和拖鞋妈妈一起看星星。

终于有一天，她来到了一座大城市。她仰着头，远远看见城市上空有一团团紫色的薄雾。城市里充斥着一座座玻璃和混凝土的大厦，仿佛一棵棵被锯掉枝叶的大树。

当她置身其中，她就看不见那些高耸的大厦了，她的视线被周围高大的建筑牢牢遮住。她的耳边总有持续不断的沙沙声与震耳欲聋的轰鸣声，那是头顶飞驰而过的汽车底盘和熙熙攘攘的人群。人类不看方向，自顾自地走着，却不会相撞。这就是城市，一个精准、有序、平衡的人造奇迹。

大城市的中心住着一群总是穿着黑色套装的蝙蝠绅士。

他们披着从头盖到脚的巨大斗篷，整天绕着城市中心飞来飞去。有时，他们会飞进看不到顶的玻璃摩天大楼，乘坐电梯上上下下。

无论是在街上飞，还是在上下电梯的过程中，他们无时无刻不在工作。他们的斗篷底下藏着一个微型办公室，配备着各种各样的电子仪器：手机、等离子显示屏、联网的电脑、卫星雷达，还有各色各样的按钮和开关。

偶尔会有蝙蝠突然提议道：

"我们坐下来谈谈。"

紧接着所有蝙蝠都会停下手头的工作，等着一张巨大的玻璃会议桌以雪花飘落般的速度缓缓降下，然后他们各就各位并戴上耳麦。每次会议都会持续好几天，每只蝙蝠都专注于耳机内的会议内容，仿佛与世隔绝了一般，专心致志地通过麦克风和其他与会者们交流。

外界根本听不到他们在说什么，只能听见一阵轻微的沙沙声，仿佛是振翅的声音，其实是蝙蝠绅士们在扇动他们巨大的斗篷。

小鸭仰着头边走边看，城市里的景象让她眼花缭乱。走着走着，她碰到了一位蝙蝠绅士，他体形硕大，穿着一身漆黑的套装。

"你是什么动物呀？"

"我是一只海狸，先生。"

蝙蝠甩了甩斗篷，用他那根优雅的手杖点了点小鸭的胸口，又问道：

"你孤身来城里做什么呢？"

"找我妈妈。"

"你妈妈是谁？"

"一只拖鞋。"

他其实并不在意小鸭的答案，他有些刚愎自用，只享受提问的感觉，对回答不感兴趣。不然的话，他至少应该感到惊讶——并不是每天都能见到自称是海狸和拖鞋的女儿的动物。可他不会对任何事情感到惊讶，因为他认为惊讶是一种孩子气的情绪，他又不是小孩子。

他敏捷地扇动翅膀似的斗篷，决定把她带回家。

他把她带回自己的家——位于城市里最高的那栋摩天大楼顶层的精美阁楼里。

"等一会儿吧，等到了晚上，你就知道了。"

夜幕终于降临，这位绅士，或者说这位蝙蝠主席——波特朗·斯特雷尔，打开了房间的巨大窗户，成百上千位和他一样打扮的蝙蝠绅士仿佛乌云压境似的涌进了屋子，他们都是波特朗的朋友或同事。他们纷纷用爪子抓住房梁，倒吊着身体，准备睡觉。

"看明白了吗？以后你也睡在这里。"

小鸭并不想倒挂在天花板上，她一整晚都蜷缩在拖鞋妈妈的小板车上。她很害怕，一点儿也不想成为一只蝙蝠，只想赶快找到自己的妈妈。

第二天一早，蝙蝠们按照惯例，开始了起床以后的仪式：他们排成一排，一只接一只地飞去洗一个黑漆漆的淋浴，给自己染上新鲜的黑色，然后飞出阁楼，开始新一天的工作。

小鸭连同自己的小板车——她从不会丢下它——也被带到黑色的淋浴头下。一股看起来像油一样的热乎乎的黑水从头顶浇下来，给她和小板车都刷上了一层黑色。

波特朗主席赞扬道："真不错，你已经参加过淋浴仪式了，你是一只合格的蝙蝠了。"

"但是先生……"

"你还有什么问题吗？"

"我妈妈……"

小鸭从自己的出生开始讲起。她告诉波特朗：她的妈妈是一只老鼠形状的拖鞋，后来她的朋友乔治帮她做了一个小板车，她就带着妈妈一起住到了海狸社区，因此她成了一只海狸。本来一切都好好的，直到突然有一天，拖鞋妈妈被人偷走了。值得庆幸的是小偷把拖鞋妈妈常坐的小板车留下了——真不知道这有什么好庆幸的，不过，有总比没有好。

波特朗一个字都没听进去，但仍带着一种十分专注的神情，装模作样地听着。最后，他对他忠实的蝙蝠朋友们说道：

"我们坐下来谈谈吧。"

这次没有桌子从天而降，然而在场的所有蝙蝠都好像已经司空见惯了，他们围着看不见的桌子，坐在看不见的椅子上。蝙蝠主席坐在上座，拿起一只麦克风，在所有蝙蝠都屏住呼吸的沉默中说道：

"我们开启一段对话吧……"

暂停。沉默。

"……一个平台……"

蝙蝠们仍然沉默，主席继续说道：

"……把所有的要点都罗列在桌面上……"

又暂停，又沉默，主席说完了自己的话：

"……并确定优先事项。"

最终，主席就在全场持续的寂静里，不断地重复着这么一句话：

我们一起坐下来，开启一段对话，建立一个平台，

把所有的要点都罗列在桌面上，并确定优先事项。

所有蝙蝠都热烈鼓掌，因为在他们看来，这已经是一场伟大的演讲了。

"万岁！"

"波特朗·斯特雷尔万岁！"

小鸭很疑惑。围坐在桌旁，好吧，这很好理解。桌子可能在，也可能不在；椅子可能在，也可能不在。这并不重要，这些话也很好理解。如果真的有一张桌子，很好，一个人可以坐在桌旁；如果没有桌子，假装有又有什么问题呢？真正让她觉得不解的是演讲的其他部分，比如说，如何开启一段对话？你可以开启一扇门、一个包裹、一个抽屉或者一罐果酱，但你怎么开启一段对话呢？还有平台，在哪里呢？对小鸭来说这个演讲仿佛悬在半空一样，让她不禁回忆起和乔治一起在月光下看过的《星球大战》里的飞船。再比如说桌面，演讲时有桌子固然好，没有桌子也没有关系，也可以用别的代替，可怎么把要点罗列在桌面上呢？要点又是什么点？是用铅笔、粉笔画的或者手工刺绣的点吗？至于优先事项，谁知道优先事项是什么，该怎么确定谁先谁后呢？

几句话的演讲内容让她十分困惑，她感到格格不入。她还觉得自己非常非常黑，这当然是黑色淋浴造成的。

小鸭就这么晕晕乎乎地坐了一天，最后，她都要睡着了，突然感觉自己连同小板车一起被举到了半空中，耳边尽是一阵阵的"万岁！万岁"！

蝙蝠们在为她的胜利而欢呼，每只蝙蝠都在欢呼、鼓掌、雀跃。过了好一阵子她才明白，在她打盹的这一会儿，她已经成功地被推选为候选人。

"什么候选人？"小鸭问道。

并没有蝙蝠回答她的问题。他们沉浸在举着她和小板车欢呼"万岁"的热烈气氛中。她本想问一个很蠢的问题，到底还是忍住了。她是个候选人，仅此而已。

那天晚上，她回到阁楼时，疲惫得不能动弹。蝙蝠们费了好大的力气，把她也倒挂在天花板上，这样她就可以像其他蝙蝠那样睡觉了，免得又睡不好。

黎明时分，波特朗主席终于列出了所有的要点，包括每天进行黑色淋浴的强制规定：每天早上，小鸭都要和蝙蝠们一起接受黑色淋浴仪式。

主席解释道："因为黑色很容易褪色，所以我们必须每天都涂黑一次。"

接着，主席让小鸭穿上黑色的制服斗篷，斗篷里的迷你设备一应俱全。波特朗非常满意地打量着她，温柔地在她头上拍了拍，又深情地告诉她，她现在是一个重要人物了，不应该再沉浸在失去母亲的悲伤中，这些想法太过个人化，太过幼稚。她现在应该更多地考虑集体和成年人的问题，这对她大有好处，因为这些会源源不断地从她的肚脐里冒出来。

小鸭不明白这和肚脐有什么关系，她翻开肚子上的羽毛仔细寻找，发现自己压根儿就没有肚脐。她不知道要如何告诉波特朗，算了，反正也不是什么大事儿。

之后，波特朗就把小鸭派到外面的世界去了，并命令她每天晚上必须乖乖回到阁楼，和所有蝙蝠一样，挂在房梁上睡觉。

O2

小鸭就这么开始了她作为候选人的新生活，每天都和其他蝙蝠一起奔走在这座城市的大街小巷。

慢慢地，她发现所有的蝙蝠都是候选人（也可能是所有的候选人都是蝙蝠……她不太确定自己是否想继续推理下去，便到此为止了）。

每只蝙蝠都是候选人，因而他们每天都在城市里聚集、游行、参加集体活动，或者发表奇怪的演讲。到了晚上，大家又忙着举办所谓的"选举晚宴"，与许多名人共进晚餐。

成为候选人的第一天，小鸭有样学样，参加了一大堆的集会、游行、会议，繁多的活动让她疲惫不堪，可她真正想做的是两件截然不同的事情：找到妈妈以及玩耍。比如玩躲避球、"老狼老狼几点了"，或者看自己单脚跳能坚持多久，又或者去湖边用扁平的石头打水漂。她想用一个石头打出十二个水漂——毕竟她现在的纪录是十个，接下来要努力多打出两个。

可现在她什么也干不成，既没有妈妈，也不能玩耍。晚上游行结束后，她跟着蝙蝠们排队回阁楼，看起来就像是走在盛大庆祝活动的游行队伍中。

小鸭感觉自己浑身都快散架了，身体沉得像是一块石头。她在心底向拖鞋妈妈祈祷，希望妈妈无论去了哪里，都能帮助她——她是如此疲惫，心力交瘁。

第二天早上，波特朗看出了小鸭的萎靡不振。

波特朗提醒小鸭，如此疲惫是不能做好候选人的工作的，并建议她组织一场选举晚宴。

"什么是选举晚宴？"

波特朗解释说，这是为了吸引选民投票而举办的活动。

"那为什么要叫'晚宴'呢？"小鸭还是很疑惑，不明白为什么要当选就得参加晚宴。

她没有答案，但她想，既然是晚宴，那就得打扮一番，毕竟宴会是要盛装出席的。

她在阁楼里精心装扮了一整天，把全身的羽毛都梳理一番，美美地卷了小卷儿。她还想涂点儿口红，结果把自己抹成了大花脸。还是算了吧，口红对她这个年纪来说，有点儿过于成熟了。

她戴了一串借来的珍珠项链，借给她项链的是一位优雅、善良的蝙蝠女士，女士还想把自己的尖头高跟鞋也借给她。小鸭从未穿过高跟鞋，脑海中闪现出穿着高跟鞋在宴会上摔倒的画面，于是婉拒了。最后，她穿着拖鞋，没有涂口红，戴着那串把她勒得快窒息的珍珠项链——蝙蝠的脖子比她细得多——就出门了。

小鸭认为应该在晚宴上发表一篇竞选演讲，向宾客们陈述自己接下来为大选筹划的活动及当选后将会改变世界的举措。换句话说，她得提出一个竞选方案。

当她正要上台开始第一个主题演讲时，选举团队一下子冲出来十来只蝙蝠，像橄榄球队员一样鱼跃着扑向了她，把她死死地摁到地上，成功阻止了她的"冒失"。

"你们为什么要拦住我？"小鸭不解地问道。

工作人员告诉她，候选人在选举晚宴上不能做任何事，也不能发表任何言论，只要到场就够了。她被建议说得越少越好，因为这一方面能避免因不适宜的言论树敌，另一方面也能达到所谓的凝聚更广泛共识的目的。

工作人员还说，举办选举晚宴的本意也不是为了拉选票，而是为了弥补开支，赞助人为你的选举团队提供了赞助资金，候选人举办一场晚宴回馈他们也是无可厚非的。他们花钱看你参加竞选无非就是为了找乐子，毕竟在这个世界上，想要获得快乐是要付出代价的。

"但赞助人并没有要求我参选啊……"小鸭怯生生地说。

"这不重要，只要你参选了，就帮了他们大忙了。"

"我帮他们做什么了？"

没有回答，他们都飞走了，她只能听到空气中持续不断的沙沙声。

小鸭学会了公开发表言之无物的演讲。她把小板车拉到街道或广场中间，站上临时充当演讲台的小板车，对着蝙蝠们说一些她已经背得滚瓜烂熟的台词。最后，她通常会说，假如她当选，她会坐在桌旁，和其他蝙蝠一起确定优先事项。

街上的行人来来往往，不仅没人听她演讲，甚至连看都不看她一眼。他们都有其他事情要做，比如去超市购物、带孩子逛公园、去酒吧边喝白葡萄酒边聊聊足球。

每次演讲结束，小鸭都会拖着小板车前往下一个广场、街道或者人群中，日子就在枯燥重复的演讲中一天天过去了。

对她而言，唯一可惜的是拖鞋妈妈留下的唯一念想——小板车变成了一个移动演讲台。

"可怜的小板车啊。"小鸭一边抚摸着小板车的木轮子，一边叹息道，"你怎么就沦落为一个演讲台了呢？"

　　夜里，她像蝙蝠们那样倒挂在天花板上睡觉，可她根本睡不着。因为她没有蝙蝠那种天生可以钩住房梁的爪子，因此她不得不整晚紧绷着小腿，钩着脚尖，以免从天花板上掉下来。她从未如此疲惫过，次日清晨，即便那种酸痛感减少一半，也够她受的。

03

幸好，一天晚上，一个小小的声音解救了她：

"嘿，你能下来吗？"

小鸭松开双腿，落到地面上，看到了一只灰白色的消瘦的小蝙蝠。是的，他一点儿都不黑，是那种浅浅的灰色。

"你是谁呀？"小鸭从未见过这只奇怪的蝙蝠，不禁问道。

"我是皮皮·斯特雷尔，波特朗的儿子。"

"伟大的波特朗主席的儿子？"小鸭被吓了一跳。

"是……"

"那为什么我从没见过你？"

"因为……"

"因为什么？"

"我爸爸……他以我为耻，所以我整天都躲起来，免得惹他讨厌。"皮皮垂下眼帘，脸色通红，甚至连耳尖都红了。

"他为什么以你为耻呢？"

"如你所见，可能因为我长得不尽如人意吧。你看，我没有漂亮的黑色身体，我也用黑油淋浴过，但一点儿用都没有……嘿，你可真有福气！"

"我？为什么这么说？"小鸭有点儿摸不着头脑。

"因为你是黄色的，你刚来到阁楼时我见过你，你接受黑色淋浴后，才变成黑色。我不知道要怎么做才能变成像你一样的黄色。"

小鸭从未想过自己是什么颜色的。她低头把自己全身上下打量了一番，发现腋下没有被黑油淋过的地方长着一些浅色的羽毛，她从未在任何人身上看到过这种颜色。这天晚上，小鸭非常高兴。老雷吉纳德曾告诉过她，她的第一个特点是有羽毛。今天，她又知道了自己的第二个特点——她的羽毛是黄色的。当人对自己有了进一步的了解时，的确会很振奋。

小鸭和皮皮聊了整整一夜。两个人如果能这样彻夜长谈，那必然会成为非常亲密的朋友。

第二天早上他们一起参加了黑油淋浴。和往常一样，淋浴对皮皮依然没有奏效，他还是那种浅浅的灰色。波特朗的神情越来越沮丧，再一次开口责备了他可怜的儿子：

"皮皮，你连淋浴都洗不好吗？瞧瞧你的样子，浅灰色的皮毛，看起来真是糟透了！"

皮皮真想挖个地洞钻进去。他很爱自己的爸爸，也为自己让他失望而深感自责。皮皮从小就想成为一只像波特朗那样高大、漆黑、充满力量的蝙蝠，然而现实却给了他这样一具灰白色且瘦小的身体。不过，在皮皮看来，自己其他地方可能也不够好，瘦弱灰白的身体也许已经是他最不让爸爸失望的地方了吧。

"皮皮，打起精神来，别这样。"小鸭安慰道，"你加入我的团队吧，我们一起工作吧！"

皮皮摇了摇头，选择继续躲在阁楼里，他担心走出阁楼会让他的爸爸更抬不起头来。

"要不你教我怎么把皮毛变黄吧！"皮皮突然说道，脸一下子又红了，一直红到耳尖。

小鸭很想帮助这只自卑又瘦小的蝙蝠，但这个请求也太奇怪了，她一时没有头绪。首先，她不确定伟大而强壮的波特朗主席能否接受儿子变成黄色。

"我不想惹你爸爸生气……"小鸭犹豫道。

其次，她也不知道如何帮助别人改变颜色。她认真思考了一会儿，只想出了一个办法：从自己腋下扯下一根黄色的小羽毛送给皮皮，虽然她也没把握这能奏效。她不觉得一根黄色的羽毛就可以让蝙蝠变成黄色，可她想不到其他办法了，只能对皮皮说道：

"你先拿着这根黄色的羽毛，也就多少沾一点儿黄色了。我常听人说，好的开始是成功的一半。"

这句话她听过很多次，已经不记得是谁说的了，不过没关系，这句话一直影响着她。现在，这句话也影响到了皮皮。皮皮小心翼翼地接过羽毛，把它藏在斗篷下紧贴着心口的位置，仿佛从那一天开始，他就开始守护着一个天大的秘密。

然后，他们开始一起工作，在演讲台上想说什么就说什么，反正也没人愿意听。演讲结束时，他们为彼此鼓掌，这一举动却产生了极好的效果，毕竟人们都会喜欢跟风（不然为什么叫"群众"呢）。接着所有蝙蝠都开始为他们鼓掌。

小鸭和皮皮的支持率越来越高，他们成了本次选举中最优秀的候选人，用专业术语来说，就是最有竞争力的候选人。

波特朗很自豪能拥有这样一个儿子，夜里看到皮皮和小鸭一起回到阁楼时，主动问道：

"今天表现怎么样啊，小家伙们？"

"棒极了，老爸！"皮皮大声回答道。

"好样的，儿子！走，再去冲冲淋浴，我觉得你身上的颜色还是太灰了。"

　　作为一名父亲，即使孩子表现得再好，他仍需要这样"敲打"一下。在波特朗的观念里，只有那些表现好的孩子才需要家长的提醒，而那些表现不好的孩子只会让家长更加失望。波特朗曾在会议上公开发表过这样的观点，虽然很多与会者都没有孩子，但他们仍然奉为圭臬。

04

最终，小鸭和皮皮赢得了选举。皮皮在听闻选举结果后耳朵尖不出意外地再次涨得通红。小鸭却十分迟疑和迷茫，她转向皮皮问道："现在我们当选了，接下来要做什么？"

皮皮说："我也不知道。"

忙碌了这么多天，皮皮比之前更加瘦弱，毛色更加灰白，以至于让小鸭担心某一天他会"噗"的一声变没了。

庆祝活动持续了好几周，蝙蝠们簇拥着小鸭和皮皮在整个城市的大街小巷里游行，还开了几百瓶香槟庆祝。

突然，波特朗提议道："让我们坐到圆桌旁，确定一下优先事项。"

真是要命！又开始了！桌子缓缓下降，所有蝙蝠都围坐在桌旁，日复一日地确定优先事项。再也没有蝙蝠喝香槟了，甚至没有蝙蝠去吃饭、去天花板上倒吊着睡觉，毕竟在确定优先事项这种大事面前，其他一切都失去了意义。

他们围着桌子坐了仿佛有一个月那么久，有的参会者饿得直不起身子；有的因为久坐引发了关节炎；有的昏昏欲睡，正在给自己输液。

小鸭和皮皮什么都听不懂，准确地说，是小鸭什么都听不懂。到了晚上，皮皮就低声给她解释那些他从出生起就耳熟能详的会议内容。

"他们要确定什么？"小鸭问道。

"优先事项。"

"我知道，但优先事项是什么？"

"扶手椅。"皮皮撇撇嘴说道。

"扶手椅？什么意思呀，皮皮？"

"扶手椅……扶手椅的意思就是，他们在开会决定谁能得到扶手椅，谁得不到。"

"可是他们都已经坐在扶手椅上了啊。"显然，小鸭真的什么都不懂，"他们还要扶手椅干什么？"

"不是说坐在那里的意思……"

"那为什么要得到扶手椅呢？"

"用来下达命令。我的爸爸可以决定谁能下达命令，每一个有权下达命令的人，用行话来说都是坐扶手椅的人，你获得的扶手椅越多，你的权力就越大。"

"那他们把得到的椅子放到哪里？"

"哪里也不放，他们只是计数。你名下的扶手椅越多，你就越有权力，你还没明白吗？比如我爸爸的名字为什么叫……"

"显而易见，波特朗·斯特雷尔啊！"小鸭不假思索地答道，她突然意识到一个她从未想过的问题：波特朗·斯特雷尔这个名字不就是"坐椅子的蝙蝠"①的意思嘛！她思索了一会儿，不禁放声大笑："你是说你爸爸的巨大权力只是意味着他有很多椅子？"

皮皮没有回答，无论何时，他都反感别人嘲笑他的爸爸。他们沉默了一会儿，各怀心事。

小鸭率先打破僵局，说道："我不想要所谓的扶手椅。"

"我也是。"皮皮说道。

他们逃走了。

他们并没有仔细筹划，也不是只在心底盘算，而是干脆地付诸行动了。他们从桌子底下溜出来，站在大街上的那一刻，才意识到这是自己第一次在外面自由地活动——再也不用为了拉选

————————
① 原文中波特朗·斯特雷尔写作 Poltron Strel，分别是意大利语中"扶手椅"和"蝙蝠"的简写。

票、做演讲而在大街小巷奔走。

他们拐过街角，飞速逃离市中心，来到了一个叫作郊区的地方。这里没有摩天大楼，只有用铁皮甚至硬纸板搭建的低矮单薄的小房子，道路泥泞不堪，街上一辆汽车都没有（住在这里的人都没有汽车）。倒是有很多小孩子，他们在泥泞的道路上玩耍。

"这里看上去挺棒的，是吧？"

"没错。"

孩子们看到了小鸭拖着的小板车，蜂拥过来想要玩一玩。小鸭想了想，放下拖车绳，把小板车借给了孩子们。

"我们有滑板喽！"孩子们高兴地喊道，他们双脚踩在上面，在泥泞的小街上来回穿梭。他们像杂技演员那样，尝试在台阶和栏杆扶手上滑行，然后带着滑板高高跳起。

孩子们又找到了一根T形的树枝，用钉子和绳子把它固定在小板车上，小板车便有了一个像样的把手。

"我们有滑板车了！"孩子们欣喜若狂地喊道。

"是自行车！"人群中最矮最胖的小男孩喊道，他"骑"在自行车上，用他两只胖嘟嘟的光脚丫向前蹬。这么看的话，确实有点儿像自行车，只不过它有四个低矮的木轮，车座的位置只有一个像拖鞋一样宽的木板。

小鸭和皮皮坐在树下，看着孩子们疯玩。小鸭什么都没说，也没有纠正他们——这不只是一辆车，还是拖鞋妈妈留给她的回忆。这种事情要怎么说呢？还是算了吧。孩子们认为自己玩的是滑板、滑板车或自行车，谁会想到他们其实是在和某人的妈妈留下的纪念物玩呢？

夜晚的郊区和白天大不一样，到处都弥漫着欢快和谐的气氛，棚屋看起来也没有白天那么不堪，马路在被小板车来回轧过之后不再泥泞，甚至有点儿像柏油路。

"你们明天还会来的，对吗？"郊区的大人、孩子们都对这两个改变了这里的新朋友充满期盼。

然而，当皮皮看到大伙都回家吃晚饭时，他面色黯然地告诉小鸭子，他也得回到阁楼去了。

"爸爸刚刚才改变态度，以我为荣，"他说，"我现在不能再让他失望。"

小鸭没有爸爸，无法理解这种想让爸爸感到自豪的情感。皮皮想要去哪儿就让他去哪儿吧。可惜，一个人逃跑和两个人逃跑是完全不同的经历。

"至少试试变成黄色吧……"她朝着那只已经走远的灰色小

蝙蝠喊道。

小鸭远远看见皮皮摸了摸自己心脏一侧的斗篷，那是他小心翼翼藏着黄色羽毛的地方，然后他对着小鸭遥遥比了一个OK（好）的手势。

皮皮越走越远，最终消失在那个弥漫着紫色雾气、充斥着玻璃大厦的城市里，回到了到处都沙沙作响、时不时有圆桌从天而降的地方。那里人群熙熙攘攘却冷漠自私，从不在街上玩耍。他选择回到那里，毕竟那里才是他的家乡，但至少，他回去时，怀揣着变成黄色的梦想。

等到夜色笼罩后，小鸭带着她的小板车——现在有了车把，变成了一辆滑板车——出发了，她一只脚踏在车板上，一只脚不断蹬地，嗖嗖地在街道中穿行起来。

小鸭心想：多亏孩子们帮忙改造成了滑板车，终于不必再用绳子拉着了。

这天晚上，下了一场前所未见的倾盆大雨，把淋在小鸭身上的黑油全都冲刷掉了。早上醒来时，她发现自己又变回了黄色。可她并不关心这些，无论是做一只黄色的蝙蝠还是黑色的蝙蝠，都不重要，她只想继续出发，却不知该去哪里。

第4章

长腿社区

o1

人就是这么奇怪，哪怕在生活中最戏剧性、最不舒适或最复杂的情况下，也会不经意地注意到一些细节，并为之着迷。

小鸭风餐露宿，踩着滑板车漫无目的地走了整整一年。这一天，她饥肠辘辘，不得不停下脚步，准备吃点儿东西，休息一下，却突然被路边小花园里的景象迷住了。

花园里有一个小女孩在跳绳，她扎着辫子，戴着眼镜，穿着一双白色的过膝袜，可能还穿着一双带侧扣的蓝色小皮鞋——这一点小鸭并不确定，因为她的眼睛死死地盯着跳绳，看着它在空中不断画出完美的圆弧。

一年过去了，在这一年里，她沿着湖泊和河流走，穿越森林、乡村与山脉，没见过一个人，哪怕是一只狗。这个小女孩是她在这一年中看到的第一个活生生的人，所以她非常高兴。

"我能玩一下跳绳吗？"小鸭问道。

小女孩说："可以呀，当然可以。"于是她们愉快地玩了整整一天。

到了晚上，小鸭本以为小女孩会邀请她进屋，但小女孩只是挥挥手说：

"谢谢你和我一起玩，再见。"

"再见是什么时候见？"

"我也不知道……嗯，就是再见。"

她不知道，在人类世界，哪怕你已经知道再也不会见到对方，也会习惯性地说一句"再见"，这只是一句作别的话语罢了。人类喜欢各种各样的说法，并不是每个说法都有确切含义，他们只是说说而已。

她独自徒步了整整一年，从未有过抱怨，而在这个被人拒之门外的晚上，她突然感觉到了一种孤独和失落。尽管有些唐突，但小鸭还是主动开口道：

"你不能把我留在你的身边吗？"

小女孩伤心地看着她说：

"不，我不能。"

接着小女孩又赶紧补充道：

"对不起。"

看到小鸭仍然充满疑惑的眼神后，小女孩解释道：

"我不能让你进来，因为我是被领养的孩子。"

"领养是什么意思？"

"就是我没有自己的爸爸妈妈。"

"我也没有自己的爸爸妈妈，所以我也是被领养的吗？"

"那你有没有不是你亲生爸爸妈妈的爸爸妈妈？"

"没有，我什么爸爸妈妈都没有。"

"那你就不是被领养的。拿我来说吧，我的养父母领养了我，而我想成为他们唯一的孩子。如果我让你进来，万一他们又领养了你，我就不再是他们唯一的养女了，所以我不能让你进来。"

说完这些，小女孩蹦蹦跳跳地回了家。门外的小鸭落寞地看着灯火通明的房间：一个女人在做饭，另一边的扶手椅里坐着一个叼着烟卷的男人。她想，要是能待在那团萦绕的烟雾里该多好呀！

夜色渐渐深了，小鸭仍然没有离开。第二天一早，小女孩换上校服出门时，看到小鸭躲在花园一角的一丛蕨类植物的叶子下，便朝小鸭挥挥手。小女孩放学回来时，又高兴地朝小鸭打了招呼，接着就进了屋子吃午饭。小女孩在饭后回到花园里，和前一天一样邀请小鸭一起跳绳，可小鸭一动不动地趴在叶子底下。

"你生病了吗？"小女孩问道。

"没有。"

"你累了吗？"

"没有。"

"那你是怎么了？"

"我感觉身子很沉。"小鸭回答道。

小女孩一个人在花园里玩了一下午跳绳。在她准备回屋吃晚饭时，大概是看到她的朋友仍然像一袋土豆一样瘫在树叶下，有点儿于心不忍，便主动凑过去，拨开叶子说道：

"你为什么不找人领养你呢？"

"我该怎么做？"

"这我就不知道了。"小女孩说罢又继续跳绳去了。

02

"打扰一下，请问你是怎么被领养的呢？"再次上路的小鸭对遇见的每一个路人都如此发问，可那些人连看都不看她一眼。

直到她遇见一位穿着白色衣服、留着大白胡子的老绅士，他问小鸭：

"你是什么动物啊？"

"我是一只蝙蝠。"她回答道。

"好吧，听好了，亲爱的小蝙蝠……"

老人耐心地告诉她，要被领养的话，首先要找到一个家庭。

"这个家庭在哪里呢？"

老绅士抬起头，张开双臂，画了个大大的圆："这里到处都是啊。"

"比如说呢？"

"比如公寓里啊！看到没？这里到处都是公寓啊，小蝙蝠。

我们这里是住宅区，所以大家都住在公寓里，每个人都住在自己的房子里，楼下还有一个公共花园。想在住宅区里找到一个家庭，可真是太容易了。你随便走进一栋公寓楼，在各个楼层转一圈就行，祝你好运！"

小鸭很开心自己能无意中走到住宅区，而且想当然地以为住在这里的人都很好。老实说，除了那位老绅士，她在这里遇见的路人似乎都不是那么……友善。

小鸭不太想去公寓楼里碰运气，因为她觉得坐着滑板车一层一层地爬楼有些无聊。于是她直接问这位老绅士能否领养她，老先生听了哈哈大笑，嘴里的牙仿佛都要笑掉了。

"我可没办法收养你啊！"老绅士笑着说道，"你知道我是谁吗？"

"请问您是什么人呢，先生？"

"我是管理员。"

"哦，天哪！那您是做什么的？"

"我负责照看这一片公寓，你知道我要管理多少栋公寓吗？一大堆！我哪里有时间领养孩子啊？……"

老先生再一次哈哈大笑起来。

小鸭明白了，友善的人都是管理员，管理员是有着很多名叫

"公寓"的孩子的白胡子绅士。

小鸭决定去试试。她走进一栋公寓楼，因为够不到门铃，她只能一户户地抓挠门板。每抓完一扇门，她都会把滑板车放在门口的垫子上，自己倚着车子等待。如果门口没放门垫，她就直接去下一家，在她看来，如果这家连门垫都没有，更不会有领养他人的爱心。她每次敲完门都会等上一会儿，一层敲完了就再爬一层，一直爬到了公寓的顶楼。

她就这样度过了一天又一天，走了上百栋公寓楼。有时，她会在楼下遇见那位白胡子管理员，管理员总会远远地朝她挥手打招呼。

可怜的小鸭在走过了二千三百四十个门垫后，便数不过来了。她根本看不到被领养的希望，但还是努力地一户户、一层层、一栋栋地抓挠下去。

绝大多数时候，屋里的人压根儿就没有听到小鸭抓门的声音。偶尔开了门也会迅速关上，毕竟，谁会一开门便弯下腰低着头，去寻觅一只那么矮小的鸭子呢？

直到有一天，有一扇门打开了，而且没有关上。

这是一个特殊的公寓区，所有的公寓楼都盖得又细又高，远远望去仿佛一片扎在地上的细面条，唯一的区别可能在于面条的截面不是六边形而已。

这一家便住在这样的公寓里。小鸭眼前出现了两条面包棒一样又长又细的腿，仿佛牙签扎进了地板一般。小鸭抬起头，看到一个尖尖的喙斜视着她——如果喙可以用来看东西的话。

接着，喙一开一合地说话了，但不是对她说的，而是对着屋子里的另一位：

"芬尼！门外有一辆长着羽毛的小车……"

然后，门"砰"的一声关上了，小鸭像鳕鱼干一样呆呆地看着关上的大门。"这是什么意思呢？为什么要打开门看我一眼，然后再当着我的面关上呢？"她从滑板车上跳下来，又抓了抓门。

"夫人，我要纠正一下，我不是您说的那种东西。"小鸭生气地对再次出现的细长面包棍腿抗议道。

"那你是谁？"

"我是一只失去了妈妈的可怜蝙蝠！"

"那轮子又是怎么回事？"对方显然对她的说法感到好奇。

"您如果能领养我的话，我会告诉您的。"

"什么意思？我要收养你？"

"有位和善的白胡子老绅士说，我应该找个人领养我。"

"这位老先生又是谁？"

"您如果能领养我的话，我会告诉您的。"

"好吧，好吧，那我该怎么领养你呢？"

小鸭也不知道，她想了想说道："您让我进到家里，我就被领养了。"

"芬尼！"那个喙又转过去朝着屋里大喊，"你能过来一下吗？有一只带轮子的蝙蝠想要我们收养她……"

03

回想起来，那是十一月里一个灰蒙蒙的早晨，鹤夫人与芬尼·科特先生在卡马尔格①举行了婚礼。当芬尼·科特从死水池塘中飞起来的时候，粉红色的他在深秋的灰色天空映衬下，显得格外耀眼。鹤夫人想：有这么一位通体粉红色的丈夫真是太好了，我的朋友们肯定会非常羡慕。

鹤夫人是唯一一只嫁给粉色火烈鸟的鹤，因为鹤通常会嫁给同类。鹤夫人对色彩搭配很有天赋，她发现粉色和灰色搭配起来很好看，无论是搭配卡马尔格灰色的云朵，还是搭配她身上的灰羽。

自从结婚后，他们就离开了卡马尔格，因为对于年迈的芬尼来说，卡马尔格沙地上的野马奔驰带起的狂风让他无法忍受。

他们搬到了现在住的"长腿社区"，顾名思义，只有长着两条大长腿的动物才能住在这里。比如苍鹭、火烈鸟、鹤、鹳和

①法国南部重要的湿地公园，是欧洲少数几个拥有火烈鸟的地区之一。

鹬。而诸如长颈鹿这样的四条腿的动物，虽然腿够长了，但依然不能申请入住，因为他们有四条腿。这个社区里禁止所有有轮子的东西通行，哪怕公共除草机也不行，因为这些东西可以轻松碾断居民们纤细修长的腿。因为长着这样修长的腿，这里的居民们走起路来总是迈着缓慢又庄严的步伐。不过这片社区也不需要交通工具，毕竟他们都有翅膀。

这是一个特别安静、优雅的飞禽社区，唯一美中不足的便是草坪永远在肆意生长着，谁让他们没办法用手修剪草坪呢。

可以说，这些高高的杂草便是社区里最亟待解决的问题了。

当鹤夫人呼叫芬尼时，他压根儿没动弹，继续懒洋洋地躺在灰色的天鹅绒沙发里，慵懒地啜饮着柠檬茶。当时的确是下午茶时间，每天这个时候，他们都会享受清香的茶饮。

尽管如此，当他看见妻子回来，身后还跟着一个拉着带把儿小车、长着羽毛的小怪物时，还是像绅士一样赶紧起身，拍了拍身上的羽毛，庄重地向新客人行了一个礼。

小鸭好奇地打量着芬尼，只见他穿着一件长至脚踝的花袍子，脖子上围着一根长长的、丝绸质地的紫红色围巾。他看起来的确是一位非常尊贵、优雅的粉衣绅士。

"很抱歉，芬尼，我想我们已经领养了这只带羽毛的小家伙了。对了，小家伙，你确定你不知道自己的妈妈是谁，对吗？"鹤夫人问道。

"不，我知道我妈妈是谁。"

鹤夫人心想：这可真是个奇怪的领养对象。

"那你妈妈在哪里呢？"

"她被人偷走了。"

"噢，老天爷啊，妈妈怎么能被偷走呢？"

"我的妈妈就被偷走了！"

"那你的妈妈是谁啊，宝贝儿？"

"一只拖鞋。"

"噢，芬尼，你也说句话呀！"

鹤夫人已经厌倦了所有那些愚蠢的社会问题，包括青春期叛逆、青少年危机和社交中心等，现在又多了一个自称是拖鞋女儿的小家伙。

她按了按茶几上的服务铃，管家很快便送来了花生酱三明治。

他们一起喝茶，吃三明治。小鸭并不知道茶盘中的柠檬片要泡进茶里，拿起来便直接吮吸，发现很难吃，并且在喝茶时发出了巨大的声响。这些行为让芬妮夫妇十分反感，所以他们决定不收养小鸭。

"为什么？"小鸭绝望地问。

"啊，这是因为……你看看自己，你的腿不够长。"

芬妮夫妇并不坏，他们只是坚信世界是有序的。他们认为，有序便是把相似的东西放在一起，不同的东西则要分开来放。

芬妮告诉小鸭，如果她有一双长腿的话，待在他们家里或是这个长腿社区都是没有问题的。公寓里住着各种居民，比如苍鹭、鹳、火烈鸟、鹤……他们之间唯一明确的共同点就是都有且只有两条长腿。小鸭虽然也有两条腿，但她的腿太短了，因而没有商议的余地。

"要不……你找个男朋友？"鹤夫人灵光一闪，觉得自己想到了一个绝妙的主意。

虽然找男朋友跟领养这件事压根儿没关系，但在鹤夫人看来，当一个人感到孤独时，找一个男朋友比找一个妈妈更有效果。

"你看啊，宝贝儿，你妈妈已经被偷走了，你也只能接受这个现实，即使找到另一个妈妈来领养你，也代替不了自己的妈妈，对吗？与其这样还不如去找一个男朋友，这应该会对你有好处的。"

　　说着她便看向自己的丈夫，眼神中尽是调皮与爱意。

　　"不在生活中寻找母亲，而是去寻找一个男朋友。"

　　小鸭从未听过"男朋友"这个词，此刻，她仍然沉浸在自己的腿不够长的悲伤中。她低头看了看，自己的腿确实又短又粗，她愿意为拥有一双又长又细的腿付出任何代价。

　　"男朋友是什么样的？"小鸭问道。

　　"嗯……男朋友可以有和你不同的羽毛、不同的身高……"鹤夫人搜肠刮肚，想用尽量简单的词语来描述。

　　"那男朋友有什么用？"

　　"呃……可以做很多事情，宝贝儿……"鹤夫人发现这个问题愈发难以解释，只好说，"说实话，我也记不清楚了……"

　　"那怎么才能找到一个男朋友呢？"小鸭继续问道，她始终盯着自己的短腿。

　　芬尼先生直起身子，凑过来，低头提醒道：

　　"首先你要知道自己是谁，如果对自己认识不清楚，怎么能找到一个理想的男朋友呢？"

　　"这个理想的男朋友又是谁？"小鸭没有问出口，只是默默地想着。

芬尼·科特非常有教养。他学过法律，收藏了大约一千本书，每天都要看报，晚饭前还得看一会儿新闻。由于太有文化，所以他有时会执着于近乎哲学的想法，比如刚才提到的两个问题：要认识你自己；要知道男朋友是否合适。除此之外，他还经常被科研难题困扰。

就在这时，他的科学焦虑症又发作了。他急忙去拿放大镜，开始细细研究他的客人。

"在我看来她不像蝙蝠……"经过长时间的彻底检查后，芬尼点点头说道，"在找男朋友之前，确实有必要弄清楚她是什么动物。"

鹤夫人很认同丈夫的话，是的，丈夫每次说的她都认同。

"我们去查查百科全书吧！"鹤夫人向她博学的丈夫建议道。

夫妻俩放弃了精彩的电视节目，花了好几个晚上的时间在百科全书里翻找，然而始终一无所获，甚至连与小鸭相似的照片都没有发现。一无所获似乎是显而易见的，芬尼说出了自己的想法：

"不要灰心，毕竟真正的研究都要花上好几年呢！"

"没错，芬尼，但如果要研究上好几年的话，这个小家伙怎么办？……"

说的对啊，再好的东西也经不起岁月的洗礼，时光会让她渐渐错过自己最好的年纪。

饱读诗书的芬尼立刻想到了一个新主意：

"不如我们把她送到学校去，到了学校，她就能知道自己是什么动物了！"

"没错！学校里什么都学，更不用说'自己是谁'这个问题了！"鹤夫人高兴地说道。

04

小鸭被送到了托尔莫夫人的班上。

托尔莫夫人是一位特立独行的老师，除了教学外还忙活很多其他的事情。她写小说，养鸡和山羊，梦想有一天能住进一个属于自己的家，半躺在扶手椅里，一边看书，一边抚摸一只毛茸茸的猫。

每当需要自我介绍时（比如当她去海滩度假、乘坐火车或者在酒店前台登记时），托尔莫夫人总会不知如何作答，因为她不知道如何介绍自己的职业——老师、作家、饲养员，抑或是摸猫人？每当这时，她都会沉默不语，期望这个话题能被提问者遗忘。

托尔莫夫人坚信世间一切终会成为过去，问题也不例外，只要你能忍住不作答，它们就一定会消失在沉默中。在她看来，信件、语音邮件、电子邮件同样如此，完全没有必要花精力去回复，只要有足够的耐心，它们都会消失不见的。

"欢迎你，"托尔莫夫人在课堂上友好地对小鸭说，"你来这里干什么，小家伙？"

她这么说并不是因为她不欢迎小鸭，恰恰相反，托尔莫夫人参加过很多礼仪培训课程，非常热情好客。问题在于，现在已经是五月了，15天后学校就要放暑假了，所以她有必要询问小鸭在本学期最后的15天来学校的目的。

"没什么，我只是想知道我是谁。"小鸭干脆地回答道。

"没问题啊，小家伙，这个问题很容易解决，来，到讲台上来，让同学们都能看到你。"

然后，托尔莫夫人转向全班同学问道：

"同学们，你们能告诉我这是什么动物吗？"

教室里一片沉默。

"同学们，我们在一年级时就学过，这可能是一只……"

同学们仍然沉默。

"你们都仔细瞧瞧……"

"你们要注意细节……"

"联想一下课本上的图……"

"好吧，我对你们有点儿失望。"

同学们依旧沉默着。

这时，右后方的角落里举起了一只沾着墨水的瘦巴巴的小手。

"啊，是马特拉索，那你来回答吧。"

这名学生回答了问题，但大家什么都没听见。这里，我们需要先解释两件事：

首先，马特拉索①是一个床垫匠人的儿子，他父亲的工作就是制作床垫。长久以来，每当这位老师讲到姓氏大多来源于自己所从事的职业时，都会拿马特拉索和制作床垫来举例子，这让马特拉索很难为情。后来，但凡遇到有谁问马特拉索的父亲是做什么工作的时候，他就会说是梳羊毛的，毕竟梳羊毛和制作床垫也多少有点儿关系，答案没必要那么精准。

其次，马特拉索是班上的第一名，所以他理应什么都知道，也必须能回答老师在课堂上提出的任何问题；而同时，同学们却忍受不了他这么抢风头，总会让他闭嘴。他被两个东西撕扯着：一个是他要回答问题的天性，另一个是让他闭嘴的同学们。于是，他不得不采取一种折中的方式——用极低的声音回答问题。这样，即使老师什么都没有听见，反正他已经说完了自己的答案。

---

① 原文为 Materasso，在意大利语中是床垫的意思。

可是这一天，托尔莫夫人已经受够了因为学生的无知而丢脸，便提高声音追问道：

"同学们，马特拉索刚刚说了什么呀？"

学生们齐声重复了一遍：

"老师，是鸭子！"

鸭子。

同学们异口同声说的词是"鸭子"。她明白了，原来自己是一只鸭子。

她是一只鸭子，一只有羽毛的鸭子。

她突然觉得又多了一份沉重的负担，各种负面情绪在心中翻涌：丑陋、疲惫、做作、赤裸裸、人为的、愚蠢、无知、无足轻重……

"鸭子"是什么意思？她此前从未听过这个词语。词语这个东西有什么意义吗？别人曾说过她是拖鞋、海狸、蝙蝠，现在又是鸭子，但她觉得这次是对的。

小鸭被这个真相惊呆了。

托尔莫夫人注意到了她的不安，于是递给她一本大开本的插图书，并翻到了有很多彩色图片的《鸭子》那章。她被一张鸭子站在河岸边的图片牢牢吸引住了。这只鸭子似乎凝视着前方，在前方，可能是遥远的地平线、失落的天堂，又或者他看到了上帝的面庞。

"看到了吗？"托尔莫夫人说，"你就是这样的！"

这是她第一次看到自己。她心中思量着：如果自己和那个凝神沉思、浑然忘我的鸭子一样的话，也挺不错的。

她拜托老师把那张图复印了一份给她，盯着看了整整一个上午，仔细研究鸭子身体的各个细节：有蹼的脚、黄色的羽毛、喙、喙上的侧窝、翅膀……

翅膀？

羽毛和脚没有问题，毛色也是黄的，和图片一样。

但是喙！

翅膀！

喙上的侧窝！

这可真是一个大发现，接下来的几个小时里，小鸭要么在啄食食物，要么在天空中盘旋，以此证明自己真的有一个喙和两只翅膀。当你突然发现自己拥有某件东西时，确实会花上几个小时去研究它，更重要的是，小鸭压根儿不知道该怎么使用好自己的喙和翅膀，但仅仅是拥有，也足以让她打心底里感到幸福了。

小鸭蹦蹦跳跳地离开学校，搭上回家的公交车，嘴里不断念叨着："我是鸭子，我是鸭子。"

知道自己的身份之后，她变得很快乐。这个想法令人振奋，即便在最灰暗的时刻，即便我们周围的一切都发生了变化，或者我们老了，或者失去了亲人，或者陷入羞愧中不能自拔，又或者房子倒塌了……不管怎样，唯一一个恒久不变的事实便是"你是谁"。

她心满意足地回到芬尼的家里，推开门便说道：
"你们好，重新自我介绍一下，我是一只鸭子！"
芬尼夫妇不在家，现在正是打折季，他们去市中心购物了。
芬尼夫妇到家时已经是晚上了。晚餐桌上，小鸭兴奋地大声宣布：
"我是一只鸭子！"
"哦，真不错，我们知道了。"芬尼一边吃着淋了花椰菜酱汁的生菜，一边漫不经心地回应道。
"那我现在可以找到适合自己的了吗？"
"适合自己的什么？"

"男朋友啊！"

"没错！"芬尼穿着之前那件略显浮夸的花袍子，站起来说，"你应该找一只鸭子男朋友。"

"对啊，芬尼，既然她是一只鸭子，她就应该多去属于她的生活环境中活动活动。"

不过……芬尼夫妇默不作声地盯着小鸭看，盯得越久，便越沉默。因为他们觉得小鸭太丑了。

她不能以这样的形象去找男朋友，芬妮夫妇决定先送她去理发店换个造型。

比起去理发店，小鸭更情愿去学校。但芬尼夫妇告诉她：

"既然你已经搞清楚自己是什么动物了，就没有必要去学校了，而是应该去理发店换一个适合自己的造型。"

第二天一早，小鸭就被司机史密斯带到了汉斯美容院，这所美容院在长腿社区及周围的几个社区都非常出名。

汉斯隔着老远就嫌弃地打量着她，然后拎着一把大剪刀走了过来，两扇刀片碰在一起，发出"咔嚓咔嚓"的声音。随着一声"美女们，让一让！"的大喊，他剪掉小鸭身上多余的羽毛，做了一个顶部凸起的假发造型。

"亲爱的，喜欢你的新造型吗？"

小鸭回到家，觉得自己像是一块拧干了的洗碗布。她感到悲伤、无用、顺从、绝望、不甘心。芬尼夫妇却对她的新发型赞不绝口，仿佛她是一位即将获得奥斯卡最佳女主角奖的明星。生活就是这样，每个人都有自己不同的观点。

　　"真不错，真是棒极了！"鹤夫人感叹道，"接下来你该去买几件衣服了！"

　　"不，我不要衣服！"小鸭哭着说。

　　接着她便逃离了这个家。

第5章

那天早上，有一只狼……

01

这天早上，一只狼像往常一样走在他常走的路上。这条路是一条有拱廊和十八世纪老建筑的街道，这只狼是一只年轻的、极具品位的独行狼，而这个早晨是一个清新的春日之晨。

马路上行人不多，毕竟才八点嘛。狼在一个报刊亭前停了下来，和金发的老板娘打了个招呼，照例买了三份报纸，然后朝着拱廊下的街道走去。

狼打算去自己喜欢的酒吧喝一杯常喝的咖啡，然后像往常一样把自己关在图书馆里写作。他是一位作家，虽然这天他还没有一丝灵感，但他很平静，认定灵感迟早会有的。

谁能想到，这天，他遇到了一只骑着滑板车的小鸭子。

小鸭用翅膀扶着车把，一只脚踩在踏板上，一只脚蹬着地，驱使滑板车前进。在狼看来，这只小鸭子心不在焉、蓬头垢面，还差点儿撞到他，直到最后一刻，小鸭才刹住车——滑板车径直停在狼的面前，仿佛小鸭是专程来见他的。

狼困惑地停下脚步，觉得这一刻的自己就像《约婚夫妇》^①中站在十字路口的唐·阿邦迪奥^②——无路可逃。

　　这一刻，狼的脑海里翻涌出很多想法：我的生活中从未有过奇遇，作为一只孤狼，我过着一成不变的生活——从不旅行，认识的狼很少，即便有几只狼，我也很少与之会面。我每天都会走这条路去图书馆，总会去亚伯拉罕酒吧喝咖啡，那家酒吧里有或圆或方或大或小的很多木桌。今天早上八点，我正要去图书馆，却遇见了一只骑着滑板车的小鸭子。哪里出问题了呢？是那辆滑板车有问题吗？

　　"你住这里吗？"狼主动问道，"可以聊会儿天吗？"

　　小鸭心想：噢，天哪，你为什么不先问我是谁？我终于知道自己是谁了，可以很好地回答了，结果眼前这只狼压根儿不问我这个问题。小鸭突然觉得，即便知道自己是谁了，又有什么用呢？他只关心我从哪儿来，到哪儿去，可这些问题和他有什么关系。于是小鸭回答道："我还没准备好回答这个问题。"

　　他们一起来到亚伯拉罕酒吧，找到一张方桌坐下，喝咖啡，吃面包。

---

① 曼佐尼著，意大利古典文学瑰宝，被赞誉为反映当时社会现实的百科全书。通过讲述一对青年男女的波折婚姻，描绘出十七世纪意大利各阶层的生存现状。
② 《约婚夫妇》中一位证婚神父的名字。

"你在这里干什么？"狼问道。

小鸭看起来有些犹豫，似乎是羞于回答。她用两只翅膀把杯子放在碟子上，像转陀螺那样转着碟子。

"他们想给我买衣服，我就逃了出来。"小鸭说道。

狼仔细打量着小鸭：她蓬头垢面，此刻看起来比之前更显不安，但还是看得出长得挺漂亮。狼本想摸摸她的嘴巴，但作为一只稳重的狼，他迅速打消了这个念头。

"这样啊，"狼顺着小鸭的话说道，"你的羽毛很漂亮，为什么要穿上衣服盖住它？"

"他们说我应该穿……"

"应该？"

"他们说如果我想找到男朋友的话，就应该穿一身好看的衣服。"她眼睛低垂，很认真地一口气说完。

狼很困惑，但也觉得有趣，虽然他不明白衣服和男朋友之间有什么联系，但还是告诉小鸭，自己能理解她的苦衷。狼觉得自己很喜欢这只小鸭子，小鸭也觉得自己很喜欢这只狼。小鸭心想，就算没有男朋友，她也可以生活得很好，况且，她还不知道该把男朋友放在哪里呢。只不过鹤夫人告诉过她，应该不惜一切代价找到一个男朋友。

"鹤夫人是谁？"

"就是领养我的那位女士，她和她丈夫领养了我。"

小鸭坐在桌旁，给狼讲了一个详细又混乱的故事，狼虽然没有听懂故事的逻辑，但他很喜欢听小鸭讲话。他非常喜欢小鸭，尤其是她的羽毛，他觉得小鸭的羽毛一定非常柔软。狼还喜欢小鸭讲故事时那种混乱的叙事方式。小鸭也打心底里喜欢给狼讲故事，虽然狼压根儿就没听懂她说的话，但她仍然乐意告诉他关于自己的一切。她接着说：

"你知道吗？我的故事就是这样的：鹤夫人每天都要和丈夫喝茶，所以她没有时间领养我，但我必须要找到愿意领养我的人家，因为我的拖鞋妈妈被偷走了。而我的海狸朋友乔治，他一心想去牛津大学读书，没有心思帮我找妈妈，于是我把海狸的工作服还给了他们。后来我遇到了一群蝙蝠，被他们用黑油淋了全身，还参加了什么选举晚宴，所以我又逃走了。当我遇见一个被领养的小女孩时，她说我应该去找一户人家领养我，而那些可以领养我的人家都住在白胡子绅士管理员照看的公寓里，我要一家一家地按门铃，才有机会遇到一家可以接纳我。但我够不到门铃，只能用翅膀挠门，很多时候屋里根本听不到我挠门的声音。最后我遇见了鹤夫人，她和她的丈夫一起讨论领养我的事。话说回来，她的丈夫不是一只鹤，而是一只火烈鸟，我不知道鹤为什么会和火烈鸟结婚，你知道吗？"

狼也不知道答案，但他听得很入迷。这时，小鸭说她得赶紧走了，芬尼夫妇正在找她，如果被找到了，就要带她去买衣服，那她就完蛋了。她还问狼能不能帮她叫一辆出租车。说完，小鸭突然想到一个问题："那个……狼先生，出租车能装得下我的滑板车吗？"

狼还在努力理顺小鸭刚刚讲的故事，于是问道："你为什么要带着滑板车到处走？"

"那不是滑板车，"小鸭回答道，"那是我的妈妈。"

狼从未想过自己平淡的、循规蹈矩的生活中，会突然出现这么一只小鸭子，一只声称自己的妈妈是一辆滑板车的小鸭子。

"我的意思是……我真正的妈妈是一只拖鞋，后来乔治给她做了车板和轮子，拖鞋妈妈就变成了一辆车。后来拖鞋妈妈失踪了，或许是死了，那群孩子们……"

狼更加不解了，他想象不到一只拖鞋为什么会死掉，但他思考的时间太久了，他本应该对小鸭说些什么，结果，他还什么都没说出口，那辆出租车——像世界上大多数会及时出现的出租车一样——正好停到了他们面前。

狼看着小鸭上了出租车，思绪万千：她穿抹胸花裙子会不会很好看？我想给她买一条，可是她要去找男朋友。最好是找不到合适的，或者那个傻瓜被海狸吃掉了。我们之间为什么要横着一个男朋友呢？我要告诉她，不，我不告诉她，我要去图书馆写作，尽管我现在毫无灵感，但总会有的。人嘛，都会离开，尤其是你刚认识的、特别的人。也许你并不希望他们离开，你会用绳子像绑气球那样，把他们绑在手臂上。即使这样，气球还是会飞走，他们也还是会离开。到那时，你的手臂上只剩下一根愚蠢的绳子，你要怎么办呢？你看着气球升空，直到再也看不见，谁知道天空中有多少我们丢失的气球呢？真是个笨蛋！失去气球的时候，我们在做什么？为了不失去气球，我们又该做什么？我为什么还要去图书馆？她上了那辆开远的出租车……

或许，他只是一只心不在焉的狼，或许他想到了别的东西，又或许他在想一个交往了十年却不再喜欢的女朋友，只不过还没有挑明。当然，他也可能是在思考与小鸭的关系，但并没有想那么多。很多时候，我们往往会因为没有深究，而把事情搞砸了。

生活就是这样，事情有时会朝着另一个方向发展，我们并不能决定它们的方向，因为每一件事都有自己的轨迹。

总而言之，那天早上，狼并没有阻拦小鸭坐车离开。

于是小鸭离开了。

第6章

鸭子俱乐部

o1

小鸭刚下车，一群鸵鸟就冲了上来，把她死死地按在地上。他们是鹤夫人请来的社区警察，一直跟踪她到这里。

鸵鸟们把她带回了鹤夫人的家，并把她锁在卧室里。第二天早上，两只全副武装的鸵鸟押着她去阳台吃早餐。

"如果你再敢逃跑，我们就砍掉你的腿。"鹤夫人一边喝着加了米粒的拿铁咖啡，一边轻声说道，"反正你的腿很短，砍了也没什么关系。对不对，芬尼？"

芬尼正在把一大杯咖啡倒进喙上的左孔里。不幸的是，一滴咖啡滴在了他紫红色的围巾上，他顿时抽搐起来。

鸵鸟警察对此熟视无睹，任凭芬尼在阳台的托斯卡纳地砖上扭动。

鹤夫人和鸵鸟警察们叫来司机史密斯，把可怜的小鸭用安全带绑在车的后座上，一同前往精品店街。

他们首先来到了"阿玛尼斯——为你而生的潮流"精品店。

小鸭环顾了一圈店面，这里陈列着很多东西，比如巴洛克风格的镜子、桌子、扶手椅、大地毯、绘画和人体模型……唯独没有衣服，她很庆幸。一个从头到脚都穿着豌豆绿色衣服的金发年轻店员走过来招待他们，询问是否要挑选衣服。说话时，他的嘴巴张开成心形，双手抚住胸口，一条腿叠在另一条腿上，发出聒噪的声音。

"这儿怎么没有衣服呀？！"小鸭大声说道。

鹤夫人勃然大怒，立刻捂住小鸭的嘴，在她耳边低声说道："你疯了吗？你不知道衣服直接挂出来很老土吗？这又不是超市。"鹤夫人转向那个年轻店员说道："想给小女孩挑一件合适的小衣服。"

"什么女孩？"年轻的店员问，"对不起，夫人，我没看见。"

"你低头看一看，就能看到她了。"

他不得不俯身，嫌弃地看着眼前这只黄色的小动物，继而结结巴巴地说：

"我不确定有没有适合她的尺码……"

小鸭觉得嘴角有点儿疼，但她努力装出冷漠的表情。她仔细观察了一下这位金发年轻店员，发现他裤筒里漏出的不是豌豆绿色的鞋子，而是一双漂亮的鳞片皮靴。

"这是什么动物？"小鸭指着鞋子，好奇地问。

"绿蜥蜴。"年轻店员回答道，仿佛连他说的每个词都是绿色的。

小鸭很同情这只绿蜥蜴，他失去了原本美好的生活，被打上铆钉做成靴子。她很难过，想要赶紧逃离这个地方，于是，她冲了出去。

鸵鸟警察一把抓住她的羽毛，把她拎了回来，店员则把她拖进一个小房间，强行给她穿上一件大露背到腰部、长至脚踝的黑色连衣裙。

"夫人，您觉得这件怎么样？"

"好极了！好极了！"鹤夫人说。

小鸭觉得自己像一只海豹，在南方海洋中因为过热而淹死了。她走进更衣室，脱下连衣裙，昏了过去。

在精品店街上的八家服装店经历了八次晕倒后，鹤夫人不得不带着小鸭耷拉着尾巴回家，鹤夫人说："我再也不带你去买衣服了。"

鹤夫人给三十二个邻居打了电话，恳求他们每一位花上一天时间，陪小鸭买几件衣服。

"我也不知道给她买什么合适，一条裙子，或者一件其他衣服……"

"大家都知道，你品位那么好……"

"就是去参加某些场合，你懂的……"

"我知道，亲爱的，这也是一种乐趣……"

诸如此类的对话不断在屋里回响。

第一天陪小鸭买衣服的是艾罗娜·斯普利茨女士。她四十岁左右，胖乎乎的，一直在一家名为"图尔库＆斯坦"的商店工作，这是一家由一对分别叫图尔库和斯坦的双胞胎兄弟经营的东方特产商店。

艾罗娜给小鸭穿上一件宽大的麻质吊带衫，外面披上一件中国丝绸碎花睡衣，腰间缠上一条纱织围巾，又环绕上一圈青金石链子，最后给她穿上了一双鞋头翘起的大皮鞋。小鸭觉得自己像一盏有罩子的灯。

这家店铺像洞穴一样昏暗，几十种熏香混在空气中萦绕。小鸭感觉自己透不过气来，简直要吐出来了。

晚上，艾罗娜把小鸭原封不动地送回了家，然后对鹤夫人说道："实在抱歉，恐怕我们店的风格不适合她。"

第二天，一位名叫罗森·克拉茨的鹤女士带走了小鸭。她是一名又高又瘦的经理人，只穿带有夸张大尖领的米色或黑色的男性化西装，还穿着渔网袜和一双能戳死北美野牛的尖头皮鞋。

"我们要选有攻击性的衣服，明白吗？"

听候吩咐的三十名售货员立即回答道："明白了，女士。"他们拿来了三十套米色或黑色的小西装，这些西装都有着宽大的锥形翻领和闪亮的金属纽扣。

罗森·克拉茨女士直接买下了这三十套衣服，甚至没让小鸭试一试——她的时间极其宝贵，要去做很多决策，开很多的会，见很多的同事，所以不能在这件事上花费过多的精力。到了晚上，罗森·克拉茨女士把小鸭和三十套衣服一并送回了鹤夫人的家，还让鹤夫人报销了她买这些衣服的费用。鹤夫人耐心地给小鸭一套一套地试穿，发现这简直是一场灾难！小鸭穿上这些衣服，像极了一个工业垃圾桶。

"我觉得你需要一些更……更……"

"更简约的衣服？"芬尼坐在沙发上，翻着一本名为《优雅》的杂志，漫不经心地说道。

第三天，鹤夫人恳求她最好的朋友去帮助小鸭挑选衣服。

这位朋友叫西尔维茨，是一只非常漂亮的鹤，有着长长的淡蓝色羽毛。她很温柔，说起话来是甜甜的娃娃音，而且总是面带微笑。无论鹤夫人遇到任何问题，哪怕只是感到有点儿头晕，都会打电话给西尔维茨：只要听到她的声音，鹤夫人的精神就会振奋起来。有时为了能听到好朋友温柔的声音，鹤夫人甚至会假装自己有问题。

西尔维茨平日里的穿着很简单，甚至还有点儿孩子气。比如，她喜欢穿鞋头装饰着彩色蝴蝶结的平底鹅掌鞋。鹤夫人记得，西尔维茨在备婚时，请裁缝做了一件雏菊形状的斗篷，花瓣领，叶子裙，还有不知道从哪里找来的瓢虫鞋。总之，是一身很有趣的打扮。

鹤夫人请西尔维茨把小鸭带到那位裁缝那里，给小鸭做一身合适的衣服。

裁缝给小鸭量好尺寸，缝制出一件腰部有褶皱的、有红苹果和树叶图案的裙子，又给她搭配了一顶苹果形状、顶部有叶柄装饰的帽子。这顶苹果帽的侧面有一条用奶油色布料缝制的毛毛虫。至于脚上嘛，他也不知道小鸭适合穿什么样的鞋子，于是就干脆让她赤脚站在地上。

当他们回来时，发现苹果帽直接从头顶滑到了小鸭的嘴巴上，遮住她的眼睛，让她看不见路了；裙子花边卷到脖子上，露出她的肚子，像是要把她吊起来一样。只有帽子上的毛毛虫还好好的。芬尼打开门，惊讶地扭头问正在客厅里喝茶的妻子：

"抱歉，亲爱的，我记不清了，我们是领养了一只鸭子还是一条毛毛虫？"

"毛毛虫"并不喜欢这套衣服。在鹤夫人的三十二个朋友依次来过三十二次之后，她实在没办法了，只能向管家林福求助道：

"麻烦你来打扮一下小鸭吧。"

林福是一只四十岁左右的中国雀，小时候在一场空难中失去了双亲，后来便离开中国来到了欧洲。林福做过很多工作，比如工程师、婚礼摄影师、生意红火的水管工，甚至还当过高级律师。

林福一直想和别的雀组建一个家庭，但他一直没有找到那个合适的人选，于是他选择加入另一个家庭，成为他们的一分子，这就是他来到鹤夫人家里的原因。那是一个已经泛着凉意的秋夜，芬尼忘记关上浴室的窗户，他就从那里飞了进来。

林福没有自己的生活，自然也就没有除工作服外的其他衣服。他有几十件各式各样的制服，条纹的、素色的、丝绸的、羊毛的、苏格兰格子的、印花的、绣着花朵的……应有尽有。

林福很乐意带小鸭出门，可他只能领着小鸭去城里唯一的制服精品店——"梦幻制服"，毕竟他也没去过其他的服装店。他给小鸭买了一套夜蓝色缀满金色纽扣的管家制服，还有一顶镶着饰带的帽子。

晚上，鹤夫人看到这身打扮的小鸭时，终于意识到她对小鸭的改造无能为力了，于是默默地转过身，去看电视了。

因此，小鸭第一次进入"鸭子世界"仍是以赤身裸体的形态——事实上，她根本就没进去，而是留在了外面，赤身裸体地看着那个光鲜亮丽的世界。

02

鸭子世界是一个巨大的网球俱乐部。

这个俱乐部方圆数公里，周围竖着25米高的铁丝网，入口处有一根巨大的白色装甲栏杆，只有刷卡后才能打开。

小鸭没有卡，所以只能站在外面。

她把嘴卡进铁丝网上的网格里，看了一下午。随后的一个月里也都是这样，她始终没有进去。

她静静地看着里面的数百只鸭子打网球，母鸭子飞起来接球的姿势给她留下了深刻的印象——漂亮的网球裙会像风中的花瓣一样在空中飞舞。

其他鸭子或在河上划船，或在躺椅上晒日光浴，又或是用某种像滑雪板的板子练习划水。田野中流淌着一条蜿蜒的小河，它不是一条发源于山上或者终结于入海口的天然河流，而是由鸭子俱乐部的河流建筑师团队人工开凿出来的。

小鸭站在铁丝网外看了一天又一天，痴迷地看着旋转的球拍、飞来飞去的网球、打褶的网球裙、符合空气动力学的球鞋，以及他们在球场中灵活打转的尾巴。

直到有一天，鹤夫人终于厌倦了她的哀求，拿出芬尼的一件旧睡衣，将其折叠、裁剪、重新缝制后，给小鸭套在腰上。她把这个作品命名为"网球裙1号"，然后满意地拍拍手对小鸭说道："现在你有资格加入鸭子俱乐部了。"

他们竟然真的让她进来了。小鸭只是同往常一样站在大门外的铁丝网边，而大门却奇迹般地升起来了。

生活有时候就是这么不可思议，你所需要的只是一身行头。

小鸭在一张桌子旁坐下，周围的鸭子要么在打网球，要么在喝着饮料聊天，她也向服务员招招手，要了一杯汽水。也不知道为什么，她突然觉得很可笑。

作为一只鸭子进入了鸭子世界，她就已经很满足了，还想要什么呢？她觉得已经足够了，可还是觉得好笑。

可以说，穿一件用火烈鸟芬尼的睡衣改造的裙子，加重了这种可笑的感觉。更重要的是，这件裙子只能盖住大腿根，整个尾巴都露在外面。她想知道：如果裙子连尾巴都遮不住，穿它又有什么意义呢？她还想知道：如果所有鸭子都打网球，而自己不会打网球，自己还能成为真正的鸭子吗？

幸好，小鸭遇到了一只漂亮的壁虎。他懒洋洋地趴在门口的大石头上，微眯着眼睛宽慰小鸭说，小鸭长得这么漂亮，俱乐部肯定会有很多鸭子争先恐后来献殷勤。

献什么？小鸭困惑地想，但什么也没说，毕竟她压根儿不认识这只壁虎。壁虎仿佛知道她心底的想法，热情地自我介绍道：

"很高兴认识你，我叫鲁切托拉·卢西奥。"

整个夏天，俱乐部里都没有一只鸭子接近小鸭，没有鸭子和她说话，更没有鸭子邀请她打网球，她一个朋友都没交到。小鸭每天来俱乐部后，都会找一张小圆桌坐下，喝着汽水，看着其他鸭子在网球场上闪转腾挪。

小鸭偶尔也会沮丧，她问自己："我知道自己是只鸭子又有什么用？还不是没有鸭子注意到我。"

小鸭总能在门口看到卢西奥，他像所有壁虎那样，趴在门口的大石头上晒太阳。卢西奥每次都会给小鸭宽心，她很庆幸还有卢西奥安慰自己。她甚至有过一个大胆的想法：假如自己是一只壁虎，而并非一只鸭子该多好，这样就可以整天趴在俱乐部门口的大石头上，无须进入俱乐部。不能舒舒服服趴在门口晒太阳，真可谓是一种不幸。

很快，小鸭和卢西奥成了朋友，他们只在傍晚小鸭从俱乐部出来后见面。卢西奥会主动提出送小鸭回家，于是他们便一起往长腿社区走去。人与人之间就是这样，也许不需要经历多复杂、多特别的事情，一起回家就能成为好朋友。

小鸭让卢西奥坐在滑板车上，拉着他到处走。她告诉卢西奥，俱乐部里没有鸭子和她说话。卢西奥也会跟她分享自己的忧虑，比方说，他从小就害怕失去自己的尾巴。因为他听说有很多和他一样的壁虎会突然发现自己尾巴断了——要么是被孩子们揪断，要么是被窗户夹断，要么则是被猫抓断。

这个夏天在他们互相倾诉苦恼与恐惧中结束了。

一个夏天过去了，又一个夏天来临了。不是说这个夏天过去了，一切就结束了，不，下一个还会来，如此循环往复。人生就是走过一个又一个的夏天。

芬尼和鹤夫人仿佛热锅上的蚂蚁。因为小鸭的年龄越来越大了，他们不希望新的一年仍然毫无进展。摆在小鸭面前的只有两条路，要么找到合适的男朋友，要么被芬尼夫妇赶出家门。七月初的一个晚上，芬尼夫妇一边吃着鹅肝，一边对小鸭说：

"你就真的找不到男朋友吗？哪怕只是请你吃个冰激凌？"

小鸭很纳闷，这和冰激凌有什么关系？难道男朋友就是请你吃冰激凌的人吗？真是奇怪，她之前也没往这方面想过。很遗憾，没有人给她送冰激凌。

　　不过，有一天，她遇到了一个打扮奇怪的年轻人，还把他带到芬尼家共进晚餐，希望能在一定程度上安抚一下焦虑的养父母。

　　这个年轻人穿着一条短裤和一件白色卷毛背心，腰间挂着一根竖笛，头上戴着一顶宽边布帽。芬尼夫妇一见到他就被吓坏了，担心这个人会成为小鸭的男朋友，还好他们不是那种关系。

　　"他是割草机！"小鸭满怀信心地说道。

　　"但是我们社区禁止使用割草机，你不知道吗？"

　　"但这不是电动割草机，它不会切断任何人的腿！"

　　"那他怎么工作？"

　　"你们看着就行了。"

　　年轻人拿起竖笛，吹奏起了悦耳的旋律。突然不知从哪儿冒出来成百上千只羊，这些羊都长着白色的卷毛，像极了年轻人的背心。羊群立刻在草地上四散开来，秩序井然地（因为羊是守秩序的动物）开始吃草。

　　羊群吃了三天三夜，社区仿佛变成了一张宽阔的羊毛地毯——到处都是羊，这里似乎成了羊的社区。社区的原住民压根儿不敢上街，他们只能贴着公寓楼的墙壁走，迫不得已需要穿过街道或广场时，他们就会小心翼翼地抬起腿来，在毛茸茸的羊海中找到一个缝隙踩下去。

当羊群跟随着年轻牧羊人的笛声离开时，草地已经被修剪得整整齐齐。

小鸭一下子解决了长腿社区长期存在的杂草丛生的问题，被大家视为社区英雄。

然而芬尼夫妇十分生气，并没有为她感到高兴或自豪，他们对小鸭吼道：

"你不应该这样做，你应该带回来一个男朋友，而不是一个撒丁岛牧羊人割草机！"

如同之前说过的那样，他们把小鸭赶出了公寓。

第7章

公主

01

"卢西奥，你可得帮帮我，帮我弄明白怎么样才能找到男朋友，我现在连住的地方都没有了。"

卢西奥二话不说，立马启程回乡，去向一些有经验的长辈请教。他隶属于西班牙南部沙漠一个古老的壁虎家族，他的家乡是世界上阳光最充足的地方之一，满目尽是沙地、残垣和晒裂风化的石头，对壁虎家族来说是真正的天堂。卢西奥先回到家里，问候了自己的爸爸、妈妈以及四十八个兄弟姐妹，然后去拜访了家族里最年长的塔兰塔奶奶。

塔兰塔奶奶已经90岁了，年轻时曾是世界上爬得最快的壁虎，多次赢得壁虎爬墙项目的奥运冠军奖牌——这个项目也被称为"爬墙跑"。随着年龄的增长，她的身子日益沉重，现在居住在自己的一个奖杯里，脊背像杯壁一样弯了下去，因而村里的人都称呼她为"洞穴里的塔兰塔婶婶"。从她干巴巴的皮肤褶皱中，露出一双炯炯有神的眼睛，看得出来，她的身体依然很健壮。

看见孙子回来了，她很高兴，立即就回答了他的问题。她有丰富的人生阅历，清楚小鸭应该怎么做。在她看来，虽然小鸭为融入鸭子世界做了很多准备工作，但她总是被动等待男朋友降临，而不去主动出击。所以，一切都无济于事。塔兰塔奶奶认为：想要找到男朋友，最好的办法就是站到广场中央去。于是她说：

"告诉你的朋友，到广场上去。"

卢西奥并不理解这句话的意思，但他还是把这句话原封不动地带给了小鸭。

于是，第二天一早，小鸭就出发了。

这是一个万里无云的下午，小鸭拖着形影不离的滑板车，选择了附近最大的一个广场。她站在那里，汗流浃背，一脸的不情愿。广场上，喇叭喧闹，人来车往，这让她很不舒服。可既然卢西奥的塔兰塔奶奶已经给出了办法，那还是坚持下去吧。

果然，奇迹真的发生了！怪不得老话有云："家有一老，如有一宝！"

不到十分钟，就已经有上百辆各式各样的小汽车、摩托车、货车、自行车停在她的周围。

一辆通体火红的摩托车轰隆隆地挨着她左边的翅膀刹住了，

小鸭被吓得一屁股坐在了地上。

这位骑手戴着一顶深蓝色的头盔，黑色夹克的后背上绣着一丛猛蹿的火舌。他生怕自己撞到小鸭，一停下车就不停地念叨着："对不起，对不起，我不是故意的，我只是不知道怎么才能从车流里穿过去。"直到骑士要送给小鸭一个冰激凌赔罪，小鸭才振作起来，或者我们可以从字面理解，小鸭才被从地面上拉起来——她坐在地上的样子仿佛是被沥青给牢牢粘住了一样。

他说："送你一个冰激凌好吗？"

小鸭立刻环顾四周，寻觅周围是否有酒吧。啊，前面就有一家，棒极了！

冰激凌加酒吧，两个条件都满足了，所以这就是她要找的男朋友吧！小鸭在心底想着：

"我找到男朋友了！"

这位装备齐全的摩托车手名叫弗兰科·冯达，是一只英俊的金发鸭子，他有两只深不见底的蓝汪汪的大眼睛，一心想着浪迹天涯。

他是鸭子俱乐部里最勤奋的运动员之一，刚从俱乐部出来，漫无目的。对于年轻的弗兰科来说，生活处处充满了希望和迷人的神秘感——尤其是当他突然遇到了一位美丽的小鸭姑娘时（当然，假如离得再近一点儿的话，他的摩托车有可能会撞到她）。生活突然给你送上一份惊喜，你怎么能拒绝呢？

弗兰科摘下头盔，飘逸的金色羽毛迎风飘动。他带着灿烂而狡黠的微笑问她：

"奶油味和巧克力软糖味的冰激凌，行吗？"

第二天，弗兰科顺理成章地邀请小鸭一起去俱乐部。他用摩托车载着小鸭来到了俱乐部中心位置的"芦苇浴池"。浴池隐藏在高高的芦苇丛中，一排排黄色的小木屋、红色的遮阳伞以及蓝色的日光浴床依河搭建。

他们来到芦苇浴池的酒吧，点了这里著名的特色冰激凌"月亮船"——满满一大碗奶油味和巧克力软糖味的冰激凌，顶上插着一根火红色的香蕉。

时不时地会有其他鸭子想进来休息，但都被拒绝了。小鸭看到屋子里还有很多空座，感觉很疑惑。弗兰科对她解释道："虽然这些座位看起来是空的，但其实都已经被占了，它们的主人买了季票，交了整个游泳季的费用，所以无论主人来不来，其他鸭子都不可以再坐下了。"

"如果不亲自来的话，为什么要付钱呢？"小鸭不解地问。

弗兰科打断了小鸭的话，告诉小鸭："如果你花钱买了座位却不使用它，说明你的身份和地位是顶级的，俱乐部的会员都这样，这才与自己的身份相符。"

到了晚上，自动点唱机里低声吟唱着诸如卢西奥·巴蒂斯蒂①的《三月的花园》一类的经典老歌，一个低沉深邃的男声唱道："车经过了，那人喊道'卖冰激凌'！"

弗兰科主动提出骑车送小鸭回家。他们走出俱乐部，弗兰科问小鸭冷不冷，然后自然地用自己的翅膀裹住了小鸭的肩膀，在他们温柔的、不经意的拥抱中，俱乐部的大门悄悄地关上了。

卢西奥像往常一样躺在门口的大石头上，等待着他的鸭子朋友出来，可这次他看到小鸭上了摩托车，翅膀与一个陌生人搭在一起。这天晚上，卢西奥独自走回家，比以往任何时候都更害怕失去尾巴……

---

① 被誉为意大利最有名、最有影响力的音乐家和作曲家之一。

o2

凌晨三点，芬尼夫妇听到了久违的挠门声。

"你去开门好吗，亲爱的？"

"要不还是你去吧。"

鹤夫人穿着缎面夹丝的睡衣，顶着一脑袋的卷发棒去开门。

"我们不是把你赶走了吗？"鹤夫人看着门外的小鸭，睡眼惺忪地问道。小鸭并没有回答，而是带着傻乎乎的微笑，像溜冰一样踩着木地板滑进了屋。

鹤夫人困得几乎睁不开眼，头顶的卷发棒也摇摇欲坠，压根儿顾不上再跟小鸭说什么，她看着小鸭径直滑进房间，没有刷牙，也没有上厕所，倒头就睡。

第二天早上，芬尼夫妇一如既往地坐在公寓露台上品尝卡布奇诺，却惊讶地发现小鸭如同一只闪闪发光的精灵，突然出现在他们身旁。她不说话，也不吃早饭，嘴角仍然挂着神秘的微笑，脸上洋溢着一丝骄傲。

夫妇俩大为吃惊，芬尼赶紧进屋去拿百科全书，开始埋头研究有蹼动物的癔症原因。吃过早餐后，鹤夫人去和朋友们度过了愉快的一天。晚上回家后，鹤夫人发现丈夫依然对着百科全书一筹莫展，忍不住说道：

"芬尼，她只是找到男朋友了，没有别的原因！"

啊，芬尼此前一直想不明白这与小鸭的诡异举止之间有什么联系。他立刻合上书，和妻子去了社区著名的"交换"餐厅，美餐了一顿。

第二天，为庆祝养女小鸭找到男朋友，欣喜若狂的鹤夫人从抽屉里找出了丈夫最华丽繁复的袍子，决心改造一番。她剪开袍子，打了褶，又缝制好，为小鸭缝制了"网球裙2号"。

当自己的女儿找到男朋友——尤其是找到合适的男朋友后，家长们会觉得整个世界都变得美好了，所有的不公正、战争、仇恨、疾病、自然灾害、核灾难……都突然消失了。那些看似错误的事情也不再是错误了，一切都突然向好的方向发展——汽车以适中的速度行驶，我们买到了尺码合适的衣服，蔬菜的价格下降，湿漉漉的头发被太阳晒干，老板给我们加薪，甚至在圣诞节后看到了一颗拖着长长尾巴的彗星。总之，感觉棒极了！

女儿找到合适男朋友，会让父母过上平静、幸福的生活，芬尼夫妇就是这样。鹤夫人每天都邀请她的三十二位邻居来家中做客，每天都会对他们说：

"你们知道吗？我女儿有男朋友了！"

邻居们都听了无数遍了，却仍然努力配合鹤夫人做出惊讶的样子，询问女儿的情况，再问问男朋友的情况。

也许是上天发了善心，小鸭不再是那片四处飘零、无家可归的落叶，终于找到了踏实落脚的归宿。

小鸭很高兴能找到男朋友，芬妮夫妇的反应更让她高兴。但她不再无限度地高兴，而是开始有限度地高兴，换句话说，小鸭开始逐渐适应有人常相伴的幸福。

唯一困扰小鸭的就是不知道该如何与男朋友相处，好在弗兰科解决了这个问题——主动给小鸭送礼物。

有一天，弗兰科骑车来找小鸭的时候，后座上带了一个巨大的惊喜。

"看看后座上有什么。"弗兰科往后点点头，小鸭看到一个说不出形状的布袋。

"你把那个包往后挪一点儿。"弗兰科说。小鸭听话地爬上摩托车后座，布袋里露出一只跟她一样大的黄色毛绒熊，不同的是，这只熊长了一对招风耳。

又有一天，他们去最喜欢的比萨店享用烛光晚餐。这家店名叫"牧羊犬"，店老板是一只波兰牧羊犬，眼睛总是被厚厚的刘海儿遮着。他专门学习过如何做比萨，但厚厚的刘海儿总让他看不到配料，于是他会把自己能找到的东西通通铺上去。没想到，这样做出来的比萨非常好吃，于是他把这种比萨称为"盲人比萨"或者"牧羊犬时令比萨"。

那天晚上，弗兰科穿着一件与他的羽毛很相配的、优雅的深蓝色双排扣西装，轻抚着小鸭的脖子说道：

"你不觉得自己的脖子光秃秃的吗？"

话音刚落，弗兰科就像魔术师一样从翅膀中"唰"的一下变出一条由钻石和祖母绿镶嵌的精致项链。他灵活地打开项链的搭扣，给小鸭戴上。为了能行云流水地表演这个魔术，弗兰科专门提前去学习了一番。

弗兰科就是这样的人，他有着能让生活源源不断诞生惊喜的能力，就像每天给你送上一个复活节彩蛋，你永远猜不到惊喜会是什么。每天的生活中都有彩蛋，都有惊喜，对于大多数人来说这是不正常、不真实的。

弗兰科甚至给小鸭起了一个专属的名字。当时天色已晚，月亮已经挂在树梢，弗兰科骑车载着小鸭回到公寓楼下，对她说道："你是我的公主。"

从那天晚上起，"公主"就是小鸭的名字了，朋友们则叫她西西[1]。在此之前，她不过是一只拖鞋的女儿，从来没有名字。不过话说回来，一只拖鞋怎么能给女儿起名字呢？

自从有了男朋友，她的生活中多了很多新鲜的事物：珠宝、毛绒玩具、盲人比萨、名字、围巾、巧克力和冰激凌，很多很多的奶油和吉安杜佳巧克力味儿的冰激凌。

她的生活变得很充实，收到的礼物多到无处安置。她把最先收到的小熊放到床底下，但弗兰科又给她送了充气背心、独木舟、旱冰鞋、行李箱，以及一个用软泡沫胶制作的小板车推车架。她的床底下被塞得满满当当，不知道该怎么处理这些东西了。

她想，找到男朋友也是件麻烦事儿。

"你也应该送他点儿礼物，我们去挑一件吧。"鹤夫人建议道，"情侣之间互送礼物是很正常的。"

小鸭不知道应该给男朋友买什么，所以不得不在一家又一家

---

[1] 在原文中，"公主"为 principessa，朋友们亲密地称她为 Princi，音译为普林西。这里取名西西，是为了表示她和朋友们关系亲密。

的商店里瞎逛。六天后，她终于找到了合适的礼物。拥有男朋友让她十分开心，但挑礼物让她筋疲力尽，她觉得与其在这些事上花费时间和精力，还不如和卢西奥一起躺在石头上晒太阳。

她决定买一把更符合空气动力学的新款网球拍。不过，为了今后不用再浪费时间挑选礼物，她一口气又准备了二十多份，比如浴巾、随身听、紫红色袜子、东方桦树味儿的香水、口袋上绣着鳄鱼的运动衫——看到这只漂亮的鳄鱼，她想起了卢西奥。小鸭计划等到各种节日和纪念日时把这些礼物送出去，比如生日、八月节①、复活节、圣诞节、恋爱周月纪念日、恋爱周年纪念日……为此，她花了一大笔钱，心想：有男朋友可真费钱啊。

每天傍晚，弗兰科都会给小鸭上网球课，此时其他鸭子们都回家了，作为俱乐部里唯一一只不会打球的鸭子，她也就不会感到窘迫了。起初，她连球都接不着，自己在球场上跑来跑去，很快就累了。但弗兰科要求严格，让她继续坚持，毕竟作为他的女朋友，怎么能不会打网球呢？

弗兰科还教小鸭游泳、划独木舟、荡秋千，甚至还有十米自由潜水以及在水上至少滑行一百米……这些都让小鸭大开眼界。

---

① 意大利的一个重要传统节日。

小鸭在很短的时间里学会了一大堆此前闻所未闻的技能，其中也有很多她不想学的东西。

晚上睡觉前，她疲惫地对着小板车说道：

"妈妈，你看到了吗？有了男朋友就要做这么多的运动呢。"

小鸭不爱运动，除了骑滑板车，任何运动项目她都不喜欢，她只想和她的壁虎朋友一起躺在石头上晒太阳。

小鸭不是夜猫子，她不喜欢晚上出门，更不喜欢熬夜，她喜欢早睡早起的生活。而弗兰科恰恰相反，他经常玩到天亮。她不知该如何向弗兰科开口。于是，每天晚上她都拖着疲惫的身体出门，尽可能地让自己保持清醒。

有时她还必须学着喝点儿酒，尤其是在社交聚会时。晚宴后她要喝一杯威士忌，但她只喝麦芽威士忌；喝龙舌兰时要在杯沿上抹盐；要喝加了柠檬片和咸坚果的阿佩罗酒；加了液体奶油和碎橄榄皮的干马天尼酒，这酒是叫这个名字吗？小鸭已经记不清了。

她每天早上和弗兰科打双人网球，下午练习悬崖跳水，接着去瀑布边参加独木舟比赛，然后在可以俯瞰河流的露台上喝开胃酒，用过晚餐后还得喝一杯麦芽威士忌，之后便去迪斯科舞厅跳舞。凌晨四点，她才从俱乐部出来，在卢西奥的陪伴下，行尸走肉一般，一步步地往前挪。

"你还好吗？"卢西奥问道。

"啊，是啊，好着呢……"

没等说完，小鸭便晕了过去。

卢西奥急忙把小鸭送到医院，留院观察并且打了三天点滴。卢西奥向医生解释说，小鸭身体很好，从没来过医院，只是有了男朋友以后的新生活让她有些不适应。

医生对小鸭的诊断结论是恋爱压力过度，于是给她开了有蛋奶酒的处方药。小鸭心想表示赞同：有男朋友压力的确不小。

那次之后，她便问弗兰科晚上是否可以在零点之前送她回家。她表示：这样的生活让她感到身心俱疲，她更喜欢早睡早起，而不是熬夜。

03

小鸭现在网球打得好极了，尤其擅长网前得分。她和弗兰科成了俱乐部里最优秀的双打组合，如果有鸭子想要挑战他们，最好三思而后行，因为他们总是会赢下比赛。

可惜小鸭始终没有爱上网球，她该怎么办呢？她是一只鸭子，加入了鸭子俱乐部，又有一个非常擅长打网球的男朋友。除了打网球，她还能做什么呢？

其他鸭子姑娘们逐渐心生不满，尽管大家都不承认，但确实有点儿嫉妒小鸭。那只默默无闻、无足轻重的鸭子怎么会变得这么厉害？为什么弗兰科会爱上这个籍籍无名的家伙？这个家伙还穿着可笑的花裙子，总是拉着一辆滑板车在俱乐部里出没。

这里的很多鸭子姑娘都或多或少地想成为弗兰科的女朋友。弗兰科不仅是周围最帅气的鸭子小伙，而且还出身于一个富有且高贵的鸭子家族，属于德国贵族冯·达克的第十二代后裔。这个家族的一名成员——弗兰科的祖父，就是他生发出制造鸭子形状救生圈的创意，很快，他的产品便风靡了全世界——今天仍然可以在世界各地的海滩上见到这种救生圈——他为家族赚取了巨额利润，家族姓氏也从冯·达克改为了冯达①，以此纪念弗兰科的祖父。

一个名叫伊莎贝拉的姑娘对弗兰科心仪已久，她是俱乐部中最漂亮的鸭子，大家都叫她"最美的伊莎贝拉"。

伊莎贝拉是一只拥有浅橙色羽毛的鸳鸯鸭，她希望自己成为一只优雅高贵的水生动物。她喜欢看综艺节目，常常一看就是几个小时。最近，她还报名参加了高级水上项目培训班。

在俱乐部的聚会上，伊莎贝拉总想和弗兰科跳舞。小鸭一个不留神，弗兰科就会被抢走。他和伊莎贝拉在水上舞池中共舞，一跳就是几个钟头，大家纷纷赞叹，夸奖他们才是天造地设的一对儿。

每当这种时候，小鸭便孤零零地站在岸边，无所适从。她没有鸳鸯鸭那样艳丽的羽毛，也不会在水面上优雅地旋转，看着看着，她气呼呼地咬了咬嘴，却不知道自己的愤怒从何而来。

小鸭只能向卢西奥倾诉。卢西奥是唯一能够同情和理解她的

_____

① "冯达"为"Fondac"音译，与其原姓氏冯·达克同音，即意大利语"创始人"一词"fondatore"的简写，以纪念祖父是鸭子救生圈的创始人。

朋友，他说，如果自己找到了一个壁虎女朋友，也不乐意她和其他壁虎一起晒太阳。

有时候，弗兰科和伊莎贝拉跳舞跳到很晚，小鸭就会和卢西奥一起躺在石头上。卢西奥只是一只还在担心自己的尾巴会不会掉下来的小壁虎，对感情的事一无所知，没有办法开导她。他只能用自己在壁虎家族听到的词来安慰小鸭，例如相互信任，为爱放手……

于是，小鸭便放手离开了。

她放手得很彻底，不再想这件事了。她分散自己的注意力，不再关心弗兰科是否在和那个叫伊莎贝拉的姑娘约会，毕竟他们俩总在一起，怎么可能还有机会接触到别的女生呢？白天，小鸭和弗兰科在俱乐部一起打球、游泳；晚上，一起去牧羊犬比萨店共进晚餐，弗兰科每晚都会让小鸭陪他喝点儿威士忌或干马天尼酒，午夜才送她回家。除了身体疲惫和为必须要做自己不喜欢的事情烦心外，小鸭依然觉得自己是公主。

o4

芬尼夫妇作为"女儿有男朋友的父母",度过了一个美好的冬天。每天晚上,他们都会看到小鸭在浴室里待上一个多小时,穿好衣服,化好妆,戴着飘舞的头巾,穿着细高跟鞋出门,然后跳上弗兰科轰隆隆的摩托车离去。

每到周日,芬尼夫妇都会邀请弗兰科来家里共进午餐,一起享用林福拿手的菠菜山核桃奶酪馅饼。午饭后,芬尼会和他未来的女婿靠坐在壁炉旁的沙发上,聊聊收入,谈谈金融。鹤夫人则在缝制一件又一件的网球裙,并严格沿用着之前的命名法:网球裙3号、4号……

又一个夏天如约而至。和往年一样,俱乐部的头等盛会——大名鼎鼎的"夏天的球拍"锦标赛及赛后的庆祝晚会临近了。

俱乐部里所有的鸭子都在竞争,与其说是为了赢得比赛,不如说是在努力准备要在晚会上穿的衣服。而冠军嘛,则要尽力找到最好看的。

这也许是小鸭有生以来的巅峰时刻了——她赢得了冠军。

"没什么意外的，"俱乐部的其他鸭子酸溜溜地说，"毕竟弗兰科给她开了那么多小灶！要不然……"

"没错啊，姐妹！换作是我们，我们同样会赢！"

以伊莎贝拉为首的、心怀嫉妒的鸭子姑娘们，早就开始偷偷搜集她的资料了，毕竟她突然出现在俱乐部里，太神秘了。她究竟是什么身份？从哪儿来的？又是来做什么的呢？

这群姑娘们成立了一个专门的调查组，晚会开始的前几天，她们搜集到了小鸭的一些情况，便开始四处散播谣言，但又没透露任何确切的消息——一团迷雾笼罩在晚会的上空。

与此同时，小鸭正在为自己的晚会礼服发愁。鹤夫人的好朋友西尔维茨这次又给出了很独特的建议——她让裁缝为小鸭做了一件仙客来红的衣服。她认为，仙客来红是胜利的象征，小鸭赢得了冠军，理应穿着这种颜色的礼服出场。西尔维茨还为她搭配了一顶草绿色的贝雷帽，帽顶缀着真正的仙客来花。芬尼夫妇很喜欢这身打扮，尤其是鹤夫人，她很推崇西尔维茨的眼光和品位，哪怕她给小鸭裹上一丛牛肝菌，鹤夫人也会觉得是神来之笔。有时，友谊就是如此让人盲目。

当晚，会场中满是摇曳的烛光、通红的灯笼、飘扬的彩旗以及照亮夜空的烟火。作为锦标赛冠军的小鸭将最后出场，当她出现在舞池中央的楼梯上时，舞会才能正式开始。

渐渐地，会场里响起一阵阵的窃窃私语，而后声音越来越大，语言越来越密集，宛如一条恶毒的谣言之蛇，蜿蜒着钻进了所有鸭子耳中。以伊莎贝拉为首的调查组成员们，在会场里肆意传播着搜集到的有关小鸭的秘密。

"你听说了吗？"

"我当然听说了！"

"大家都知道了！"

"跟我说说……"

"你还不知道吗？"

"知道什么？"

"她是……的女儿。"

"谁的女儿？"

"一只拖鞋！"

令人心寒的声音在会场上空盘旋：

她是一只拖鞋的女儿？！

"拖鞋的女儿？"

"对，没错！"

“你从哪里听说的？……”

“据说……”

“啊，大家都这样说……”

“哦，确实是这样……”

“对啊，都这么说……”

“什么？！”

当小鸭穿着仙客来红的裙子，戴着一顶插着仙客来花的贝雷帽出现在楼梯上时，整个会场爆发出一阵阵的嘲笑声，笑声甚至穿透了墙壁，震得屋檐下的灯笼轻轻摇晃，连一旁流淌的河水都泛起阵阵涟漪。

来宾里有的笑弯了腰，有的笑得眼泪喷涌而出，还有的躺在地上捂着肚子，扭来扭去，笑得停不下来。伊莎贝拉和调查组的成员躲在会场的角落里举杯庆祝，她们的任务完成了，而且效果棒极了！伊莎贝拉正在幸灾乐祸，内心充满了报复成功后的满足感。她四处寻觅着英俊的弗兰科的身影，对他露出温柔的微笑。

小鸭哪里见过这样的场景，她仿佛一尊火红色的雕像僵在那里。在刺耳的嘲笑声中，她低下头看着自己这一身从头红到脚的装扮，觉得丑极了。

弗兰科没有退缩，泰然自若地走上楼梯，把他的公主搂在怀里，一整晚都陪着她跳舞，还时不时在她耳边轻声安慰道："没事的，你是我的公主，不用在意其他……"

午夜时分，弗兰科一如既往地送小鸭回家，下车的时候，弗兰科送给她一束勿忘我，深情地吻了吻她的脸颊。

小鸭觉得拥有这样的男朋友真幸运。回到家后，她把换下来的仙客来红礼服放回衣柜里，独自来到窗前，看着星星出了神。她想起了拖鞋妈妈，不知道拖鞋妈妈此刻在哪里，也不知道还能不能再见到她。想着想着，小鸭睡着了，做了一个平静安逸的梦。

05

她不知道，弗兰科送她回家后，又回到了舞会现场，和伊莎贝拉跳了一整夜的舞。

她也不知道，弗兰科已经同时和伊莎贝拉交往了数月，她真的什么都不知道。

她更不知道，只要有机会，弗兰科就会偷偷和伊莎贝拉约会。换句话说，每天晚上她回到家后，他都会偷偷跑回俱乐部去见伊莎贝拉，陪她在水面跳舞，然后在芦苇浴池的专属躺椅上相拥到天亮。

怎么说呢？弗兰科年轻、英俊、富有又风趣，因为不知道如何选择，所以同时和两只鸭子姑娘恋爱。小鸭喜欢早睡早起，不能熬夜，喜欢早晨，不喜欢夜晚；但对弗兰科来说，美丽的夜晚如此宝贵，生命又如此短暂，怎么能浪费时间去睡觉呢？

俱乐部的其他鸭子都知道弗兰科和伊莎贝拉的事，但没有鸭子把真相告诉小鸭，毕竟他们都只是弗兰科的朋友，不是她的，她在俱乐部没有朋友。

小鸭是在无意间发现真相的。那天她去美容店修剪羽毛，听说有一只鸭子小伙子同时和两只鸭子姑娘谈恋爱，而且已经持续好几个月了。

"怎么会有这种事呢？"

"一开始我也不信……"

"这应该是真的，这个小伙子好像是老手了，其中一个女朋友还以为自己是唯一的……"

"他到底怎么做到的？"

"啊，就是经典的时间管理嘛。"

"那个家伙还说自己不知道如何选择。"

"狡辩！"

"你不知道，没那么简单，两个女朋友他都喜欢，一个特别漂亮，正在学习表演，另一个不漂亮，但性格很好。"

"这个小伙子叫什么名字？"

"好像叫……弗兰科！"

"弗兰科？"

"对，没错！"

店里的顾客都笑了起来。

"真是个好名字，听着那么坦诚①，却……"

这是小鸭最后一次出现在俱乐部门前。她挨着卢西奥躺在门口的大石头上，仿佛正在晒太阳一般，然而那是个连月亮都看不见的漆黑夜晚。

"你之前告诉我要相信他。"

卢西奥沉默不语。

"你说我应该放手，把一切交给缘分。"

卢西奥依然沉默。

"可你什么都不知道，你只是一只害怕掉尾巴的笨壁虎！"

人总是这样，只会对爱自己的人发泄坏情绪。

卢西奥为小鸭感到绝望，甚至超过了他对掉尾巴的恐惧，而且如果小鸭需要的话，他甚至愿意把尾巴送给她。他说："我不知道能为你做些什么，但如果你需要的话，你把我的尾巴拿走吧。谁知道呢，谁知道壁虎的尾巴有什么用呢。"

人在不知所措的时候，便会习惯性地抓住眼前仅有的东西，比如他有条尾巴，他就会抓住自己的尾巴。

"卢西奥，你知道最糟糕的是什么吗？"

---

① 在意大利语中，"弗兰科"和"坦诚"是同一个单词。

"是什么？"

"我觉得我再也不会相信其他人了。现在我们是几个？两个吗？你能看到其他人吗？没有，一个都没有。但或许在看不见的黑暗里还会有第三个、第四个，甚至更多，谁又能知道真相呢？"

小鸭大叫起来，卢西奥担心她会这样疯掉。毕竟对世界产生怀疑可不是个好兆头，他一时也没了主意。

也许等待就是最好的办法。几天前，卢西奥听说壁虎的尾巴掉了以后还会再长出来，只是需要时间罢了。他的生活改变了，长大就是这样，就是知道自己的尾巴还会再长回来。

卢西奥想告诉他的好朋友：现在的困境总会过去，就像壁虎断尾后会重生一样，只是需要时间罢了。

至于如何挨过这段糟糕的时日，卢西奥也不知道。

这就是经典的"壁虎难题"：假如你的尾巴掉了，你该在哪里等待它重生呢？是要找个地方一直躲着，直到新尾巴长好，还是像有尾巴时一样四处活动？抑或压根儿不在乎自己有没有尾巴？

假如是你，你会怎么做呢？

第8章

地下的声音

o1

虽然还是夏末，但秋天的冷空气已经逐渐接管世界了。我们迎来了今年的第一场暴风雨以及第一片落叶。

在一个刮风的日子里，小鸭离开了，像一片叶子一样，随风而去。

她走了很久，和风一起穿过长腿社区、羊群、城市街道、拱廊、酒吧、摩天大楼、俱乐部、湖泊……走了好几个月，越走越远。

最终，她来到一个荒无人烟的地方。这里什么都没有，只有一望无际的浅褐色土地，荒芜又干旱。

她决定留在这里，在一棵枯树干中给自己搭了个窝。她把洞口当作房门，看着外面的风肆意吹过。

每隔一段时间，就会有一些动物经过，比如臭鼬或者鬣狗，他们会问她：

"嗨，你叫什么名字？"

"我没有名字了。"小鸭答道。是啊，再也没有人叫她公主了，她也不再是谁的公主了。

慢慢地，大家都不往这边来了，毕竟谁会喜欢一个沉默寡言、不愿理睬别人的人呢？

她偶尔会从窝里出来，四处走走看看。她只能看到荒芜的土地、高高的山丘，还有遥远的、天蓝色的地平线，除了这些，什么都没有。

她在这里生活了很长一段时间，可能有好几年。正如卢西奥所说，尾巴需要时间才能重生。

自从来到这里，每当她在荒地里独行时，总能听到一种奇怪的声音，低沉又压抑。起初她以为是自己幻听了，后来又觉得可能是秋风呼啸的声音。但随着时间推移，听得更加真切后，她意识到是某种动物一直在发出声音，而且有很多，她能听到很多声音在低声吟唱，像是一个合唱团。他们似乎在诉说着什么，但她听不懂，偶尔能听到一两个比较清晰的词语，却仍然不明白是什么意思。而且，她一个影子也没看到。

后来，小鸭注意到自己周围的土有些松动，一个个松软的小土堆连接成或直或弯的线条，四处延伸。她沿着这些线条走，想看看它们的尽头在哪里，可还没走出这块荒地，这些线条就无踪无迹了。小鸭脑海里灵光一现：说不定声音来自这些小土堆之下呢。下面住着什么动物吗？是谁呢？

小鸭已经习惯了这些声音的陪伴，习惯于坐在地上，听着那仿佛来自另一个时空的甜美的小合唱。

直到有一天，她在别的地方找到了丢失的沙拉食材。是谁搬到这里的？

这些沙拉食材是她全部的财产，是在她厌倦了光秃秃的沙漠时栽种的，她偶尔会给自己拌点沙拉，炸点蔬菜。小鸭在这里种了整整齐齐的一排莴苣，每天傍晚都会来看看这些莴苣，期待着在莴苣成熟后，拌上橄榄油和柠檬汁，做一盘美味的沙拉。那天早上，她照常去菜地浇水时，却发现莴苣全都不见了，菜园里什么都没有。可现在这些莴苣居然出现在远远的小土堆的另一边，根朝着天空。这还怎么做油炸蔬菜呀？

小鸭很生气，她不能再无动于衷了，这些小土堆下面肯定藏着秘密。她下定决心要彻底找出真相。于是，她开始挖掘那些小土堆，挖了整整一天一夜，每次都希望自己能抓住那群住在地下的神秘生物，但挖出来的东西，除了土还是土。

她确信土堆之下一定住着某种动物，肯定是他们在悄悄挖掘，因为地面每天都会出现新的土堆。小鸭找到一个地道的交汇处，安心地坐下来等待——他们总得露头呼吸一点儿新鲜空气吧？

小鸭发现，每隔一会儿，地道都会向前延伸一段，绕着她逐渐围成一个个同心圆，但就是无法看到是谁以及怎样做到的。小鸭努力睁大眼睛盯着地道移动的方向，认定总会有动物在某个时刻从土里钻出来，但是，一个生命都没有。

迫于无奈，小鸭只能试着和这些看不见的朋友说话。通常情况下，我们在看不到其他人的时候，不会漫无目的地说话，但这是她唯一的办法了。

"嘿，你们这些家伙，你们到底在哪里？"小鸭低头问道。

空气中仍然只有秋风拂过土地的沙沙声。也对，小鸭暗自想道：我没有看到其他动物，那就意味着没有其他动物，如果周围没有其他动物的话，怎么会有谁回答我呢？

然而，生活不总是这么循规蹈矩。过了一会儿，小鸭得到了来自地下的回应，还是那个合唱团的声音，不过这次他们吐字很清晰：

"我们在地下……在地下……"

"你们在地下干什么呀？"

"我们在这里生活……生活……"

"你们不能像其他动物一样生活在地面上吗？"

"我们不能……不能……"

"为什么呢？"

沉默，寂静，空气中再次仅剩下风声。接着，地下又一次传来了歌声：

"我们是鼹鼠……"

"鼹鼠……鼹鼠……鼹鼠……"

歌声从地下齐声传来。

鼹鼠是什么？她对鼹鼠一无所知，对她来说"鼹鼠"仅仅是一个不认识的词语，和所有不认识的词一样，没有任何意义。

于是她话锋一转，询问他们是否愿意出来见个面。

"好吧，那就当你们是鼹鼠吧，你们来地面上和我见个面怎么样？"

"我们不能被别人看到……看到……"

"不能……不能……不能……"

"为什么？"

"因为我们是鼹鼠……鼹鼠……"

"我知道你们是鼹鼠，但我刚刚说了，哪怕你们是鼹鼠也没关系，你们上来，我们见一面，可以吗？"

　　"我们不能到地面上……地面上……"

　　"为什么呢？"

　　"因为我们住在地下……地下……"

　　"你们住在地下，你们是鼹鼠，这我都知道了，但你们为什么不能上来一会儿呢？"

　　"没错，我们不能上去……不能上去……"

　　一切又归于寂静。一阵秋风拂过山堆、土地，以及鼹鼠们挖掘的地道。

02

正如鼹鼠们所说，他们从没来过地面，总是在地底世界埋头挖掘着新的地道。小鸭盯着那些不断向前延伸的地道，看了好几个小时，却连一只露头的鼹鼠都没发现。他们究竟是怎么做到的？小鸭很不解，他们总得把鼻子伸出来呼吸一下吧？

渐渐地，她喜欢上了这群未曾谋面的鼹鼠。他们每天都陪着她聊天，于是，他们成了朋友。当然，大家都希望能见到朋友，但我们不可能拥有生活中所有想要的东西。能拥有一群朋友已经很幸运了，见不到面也没关系，我们可以想象嘛。

有一次，小鸭特别难过，她想见见鼹鼠朋友们，希望更好地了解彼此。鼹鼠们沉默了好久，仿佛守护着一个不想透露的忧伤秘密，犹豫再三后，他们对小鸭说道：

"我们的眼睛几乎看不见东西……看不见……"

"即使我们上去了，我们也看不到你……看不到你……"

"我们什么都看不见……看不见……"

小鸭从未想过会得到这样的答案。的确，鼹鼠常年住在地底，他们的眼睛压根儿派不上用场，所以就慢慢退化到看不见了。鼹鼠们的回答让小鸭更加难过了，她的朋友们错过了天空、云彩、风，还有五彩斑斓的世界。

因为眼睛看不见，所以鼹鼠们从没问过她是什么动物。况且鼹鼠们也不在乎答案，毕竟他们看不见，也无从检验她说的是真是假。小鸭可以说自己是狮子、蟑螂、印度大象、鹦鹉……对于眼睛看不见的鼹鼠来说，这些词语代表了什么同样毫无意义，所以他们从不问她任何事。

对小鸭来说，既然她的朋友不在乎她是什么动物或者不是什么动物，那她是不是一只鸭子同样无足轻重。

于是，她渐渐忘记了自己是一只鸭子。

鸭子这个身份也没什么大不了的。毕竟当她弄清自己的身份后，进入一个全是自己同类组成的世界（鸭子俱乐部）时，她依然遭到了背叛。

背叛。每次提到这个词，都会让小鸭想起那段痛苦的回忆。

"你们知道我遭遇过背叛吗？"小鸭时不时会对鼹鼠们讲起她的故事。她讲到弗兰科，讲到恋爱，讲到弗兰科与伊莎贝拉的事情，甚至讲到自己傻乎乎地从没有怀疑过他们。

你毫无察觉，觉得自己不会被人欺骗，但其实他们早已抛弃了你。这就是背叛。小鸭如此给鼹鼠们解释，因为，她坚信住在地底的鼹鼠们对男朋友、伊莎贝拉和背叛这些东西一无所知。但是，她又对鼹鼠世界了解多少呢？

她从未去过地下，对鼹鼠的世界知之甚少。鼹鼠们在她一遍又一遍的重复中学会了"背叛"这个词，偶尔还会复述给她。他们并不理解这个词的含义，只是为了表明他们在用心倾听她的分享，却在无意中揭开了她的伤疤。

"背叛……背叛……背叛……"

渐渐地，小鸭认定自己不是一只鸭子。她每天都在高声重复着："也许我不是鸭子！我的意思是，我不是鸭子俱乐部里的那种鸭子！如果我和他们一样，肯定会和他们相处得很好，不会离开那里。既然我逃出来了，那我一定跟他们不一样！"

或许想和俱乐部的鸭子们相处愉快，只有"鸭子"这个身份还远远不够！

或者我以前是只鸭子，但现在不是了！

这些问题像贪吃蛇一样萦绕在她的脑海中，带着这些问题，小鸭开始仔细审视自己。她问自己：我身上有什么是鸭子独一无二的特质吗？

她先是低头检查自己的脚。她有脚蹼，这是毋庸置疑的，三根脚趾之间都有薄薄透明的皮连着，但这就能说明她是鸭子吗？不是！虽然不知道还有什么动物也有脚蹼，但她觉得肯定不是只有鸭子才这样。

当然啦，她没有利爪，没有手掌，脚蹼不是毛茸茸的，不是四条腿，这些仅仅能够证明她不是猎豹、蚊子、长颈鹿、梭鱼或者黑猩猩。她有两条腿，两个脚蹼，这证明不了其他的。

所以小鸭到底是谁？想了这么久，她还是没有找到满意的答案。

鼹鼠们什么也不说，任由她胡言乱语。如果小鸭能透过地面看到他们的话，就会发现，每当她向着天空问出"我是谁"这种愚蠢问题时，鼹鼠们都会耸耸肩。

其实，鼹鼠并不在乎她是什么动物。他们虽然看不见她的样子，却非常喜欢她，对他们来说，她可以是任何动物，不管怎样，他们都爱她。

鼹鼠有两个特点：既看不见也无法被人看见。对于我们这些看不到鼹鼠的人来说，可以尽情想象他们的样子，比方说，用老虎的脸和鸭嘴兽的腿拼凑出一个你心目中鼹鼠的模样。

就这样，小鸭和鼹鼠看不到彼此的样子，却可以肆意想象对方的模样。说不定对方和自己长得一模一样呢！所以小鸭在心底里又冒出了一个念头：说不定我也是他们的一员呢。

与此前不同的是，小鸭再也不会大声地说出来了。从前，她可以相信自己是任何一种动物，比如海狸或者蝙蝠。但自从知道自己是一只鸭子后，她就被这个身份束缚住了。

她不可能是鼹鼠。

她也不觉得自己是鸭子。

她开始认为自己什么都不是。

不是这个，也不是那个。所以，她什么都不是。

回想自己前半生的经历，她没能找回拖鞋妈妈，没能和海狸（唯一一只不想当海狸的海狸）一起生活下去，没能成为一只蝙蝠，没能与芬尼夫妇共同生活，也没有了男朋友……

总结下来，她的生活中仿佛充斥着一连串的"没能"。到头来，她无所依靠，又一无所有。

当她认识到这一点后，她就谁也不是了，换句话说，她放弃了继续深究自己到底是谁的念头。她是不确定的，不是某种特定的存在。如果能够生活在鼹鼠的地下世界里，我们可能会很开心，因为不需要纠结自己是谁或不是谁了。当然，只要我们闭上眼睛，就可以假装自己在鼹鼠的世界里，不必在意别人的定义。这可太简单了！

这样的想法让小鸭的内心获得了极大的平静与解放。突然，她离开地面，飞起一米高，这个举动让她意识到自己还有一双翅膀。之前，她总是一门心思地想弄清自己的身份，所以从未注意到这一点。

这一刻，她突然记起了一件重要的事情——她在托尔莫老师递来的那本书上看到过翅膀，她当时看了很久，甚至还复印了一份，进行了仔细研究。后来不知怎么回事，她忘记了。

小鸭想起来，书上说过，鸭子可以飞得很远，只要他们愿意，甚至能从这里飞到非洲大陆。她不想飞去非洲，只想飞一小会儿。她也不想承认自己是一只鸭子，但很高兴自己有一双翅膀，可以在这样一个好天气里迎风飞翔。

从这天开始，小鸭每天都会飞一会儿，每次都飞得更远一点儿。对她来说，飞翔似乎是世界上最自然的事情，她很惊讶自己从前竟然从未尝试过。

她向大海飞去。当远远看见大海时，她觉得这是她这辈子见过的最美的风景。小鸭一连在海面上飞翔了好几天，满眼都是荡漾着的海蓝色。

　　小鸭自言自语道："如果不是意识到我谁也不是，我永远不会记得我有翅膀；如果我不记得有翅膀，就永远看不到这么美的大海。"

第9章

生活在海上……

01

小鸭在山顶上找到一间房子，房子有一扇巨大的窗户，可以俯瞰大海。海上住着一个奇怪的家伙，小鸭每天都能看到他，踌躇着是否要上前打个招呼。

这个家伙身材瘦高、头发灰白、轮廓鲜明，似乎还有一条尾巴。小鸭决定先待在远处观察一下。

有时，他生活在海滩上的神秘洞穴里；有时，生活在海上的一艘小帆船上。

有时，他戴着一顶遮阳帽在甲板上晒太阳；有时，则装备着潜水面罩、氧气筒、脚蹼和配重腰带，"扑通"一声跳下水。

有时，他会戴上眼镜，穿着条纹T恤、短裤、凉鞋，坐在海边认真地摆弄鱼竿。

小鸭决定去和他打个招呼。走到离他两米远的地方时，她看到那家伙正背对着她，倚在一根帆绳上，仿佛在和鱼竿说话，并没有注意到她来了。

"打扰一下，先生……"小鸭说道。

那家伙转过身，小鸭认出了他，惊讶地大叫道："你是城里的那只狼！"

这正是她从鹤夫人家里逃出来时，在城里的拱廊下遇到的那只狼。

"骑滑板车的鸭子！"狼也反应过来了，难以置信地大叫着，连手里的鱼竿都掉到了沙滩上。

"不不不，"她得意扬扬地回答道，"我不再是那只鸭子了！"

狼仔细地打量着小鸭，没错，就是这只鸭子，那个在多年前的春天的早上遇见的鸭子，那只刹不住滑板车几乎轧到他脚面的鸭子，那只羽毛有些褶皱的鸭子。只是，她身上的羽毛褪去了点儿黄色，多了点儿棕色，但肯定是她！她的回答让狼摸不着头脑，于是，狼迟疑着问道：

"那你现在是谁啊？"

"我谁也不是！"小鸭骄傲又快乐地说道，显得格外兴奋，因为这是她第一次在别人面前这样介绍自己。

狼仍然很困惑。他捡起掉在地上的鱼竿，沿着竿子一寸一寸地轻抚掉沾在上面的沙子，把渔线收回到线轴上后，又把鱼竿端正地摆在一个大篮子旁边。

狼看似很平静，内心却早已狂喜起来："太好了，我也需要这种感觉，谁也不是，只是自己！"

这些年来，狼依旧风雨无阻地每天去图书馆写作，他写完了当时困扰他已久的那本小说，又写完了另外三本。但他并没有因为著作不断问世而满足，反而心结越来越大。这种情况到了一定程度之后，他没法再装作若无其事了。

狼的心结在于，他属于孤狼种群，自打生下来就非常孤独。写书无法解决这个问题，因为书往往就是在孤独中被写出来的。如果你不孤独，便不会一直闷着头写字——从没见过一大群人扎在一起写作的场景。如果是一大群人的话，他们能做的事情可太多了，比如举着旗帜和横幅参加游行，周末出去野餐，圣诞节结伴滑雪，一起去旅游村度假，实在不行还可以去逛逛街，甚至还有上千件可以大家一起做的事情，唯独写书不可以。

狼带着自己的心结离开了图书馆，离开了城市，离开了他把自己深深藏匿进去的人群。他选择了顺从自己的命运，去做那只注定孤独的狼；他选择了在这个荒芜的地方定居下来。通常，荒芜和孤独会给人相似的感觉，其实两者并没有关系，荒芜之所可以很拥挤，人群中也可以很孤独。

狼并不想成为孤狼，毕竟他已经被孤独折磨了好些年。

这些年里，狼会经常想起那只骑着滑板车的小鸭子。他问自己：如果那天拦住小鸭，不让她坐上出租车，自己的生活会不会有所改变呢？狼很想念她，却没有试着去找她。他是一只孤狼，也因此而孤独。

狼在海边给自己搭建了一间舒适的房子，在房子里摆放了很多旧家具。他给自己买了一艘帆船、一些旧鱼竿、一个放鱼饵的篮子、一个装鱼的水桶，还有一只漂亮的烧烤架，可以晚上生火烤鱼。他在房前的草坪上放了一张黄色的搪瓷桌子，还放了几把自己搭配的椅子。小鸭来的时候，他正坐在那里，对着鱼竿说话。

是的，他太孤独了，以至于经常会跟鱼竿聊天。比如他在往鱼钩上挂鱼饵的时候，就会捎带着和鱼竿聊两句。

"我不需要任何人。"他总是这样告诉自己。但他又在和鱼竿说话，这绝不是个好兆头。因此，当小鸭说自己谁也不是时，狼非常开心，这正是他所需要的。

虽然他不需要任何人，但他很孤独。

他渴望有人陪着他。

但他又不需要任何人。

所以，一个认为自己谁也不是的人，是最为合适的陪伴者。

这只小鸭有美丽的羽毛、柔软的身躯，在初次见面时就让他怦然心动，这是命运的馈赠啊！

这次狼决定不再放手让小鸭离开了，他邀请小鸭到帆船上参观了一番，又开船带她去海钓。他们钓到了好几条大鱼，撒上盐和迷迭香，做出香喷喷的烤鱼。

要知道，狼可是个烤鱼高手呢！

o2

从那天起，他们便经常见面。他邀请她到家里来，给小黄桌铺上好看的格子桌布，一起吃着美味的烤鱼。有时还会来点儿面包和意大利香肠，毕竟草坪、方格桌布与意大利香肠三明治是绝配。复活节的时候，他们还会一起吃煮鸡蛋。

饭后他们一起去散步，爬到山顶，在那里远眺大海。

远处的海与眼前的海不同，它看起来一动不动，无限向外延伸，仿佛假的一样。因为闻不到海水的味道，也听不到海浪的声音，总让人觉得是在梦中。只有真正到达了远处的那片海，才会发现那里一切都是真实的，有着海风的味道、洁白的浪花，还有游动的鱼儿。

当你对某种东西有过它并不真实的猜想后，再亲眼看到时，就会感到幸福。比如那片远处的海。

有一天，狼对小鸭说：

"你应该偶尔飞一下的。"

确实，自从小鸭发现自己有双翅膀，独自飞到海边的那一天起，她就再没飞翔过。就像我们有时会停下脚步那样，小鸭也停了下来，只是她自己尚未察觉。

小鸭忘记了自己的鼹鼠朋友，没有给他们带去任何消息。狼改变了她的生活，让她仿佛获得了新生，就像很久以前，生活在拖鞋妈妈温暖的怀抱中。

现在，狼友善地建议她偶尔要飞一下。

"如果我的翅膀生锈了怎么办？"小鸭慌乱地找了个借口，因为她并不想飞起来。

"你至少可以先试试……"狼很惋惜，觉得小鸭没有利用好自己漂亮的翅膀。

于是，在某个晴朗的日子，在狼的鼓励下，小鸭又试着飞了一次。

她飞了很短的距离，只是为了向狼表明自己听从了他的建议。飞着飞着，她就感受到了飞翔的美好：你可以无忧无虑，让风托着，四处飘荡。

她决定飞去鼹鼠的家，去和他们说声"再见"。她路过了自己一路走来的所有地方——海狸湖、蝙蝠城、公寓林立的长腿社区、有着芦苇浴池的鸭子俱乐部……她沿着一条弯弯曲曲的大路飞过了一个个村庄，在最后的拐角处，她看到了一个垃圾桶，仿佛有一些远去的回忆被唤起，却怎么也想不起来。

从空中望去，她发现了一个令人震惊的真相——她走过的这些区域彼此相邻，这么小的一片区域，对曾经拖着板车旅行的她来说，却那么大。

飞到鼹鼠家后，她满脸失落与悲伤，幸好鼹鼠看不见她的表情。小鸭和鼹鼠们分享了自己与狼重逢的故事，鼹鼠们还是拖着长长的声音回应道："哦！哦！哦……"声音中充满了惊奇。

小鸭听出鼹鼠们对狼这种动物一无所知，便详细给他们描述了一番：他长着毛茸茸的头发，长长的尾巴，一双浅灰色的眼睛，善良又温柔。

和鼹鼠们道别后，她又要出发了。离开前，她似乎听到了从地底传来的哭声。

小鸭飞回了海边，一边休息，一边思考着。她明白了，虽然自己有一双结实的翅膀，可以帮助自己去很远的地方，但她并不想远行，不想去她在书上看到过的、鸭子们冬天会飞去的非洲大陆。

她心里有个疑问：自己生活的这个小世界，对于曾经拖车跋涉的她来说很大，那现在这个大世界对她来说又会是多么小呢？

这个问题一直折磨着她。她不想远行，因为怕自己真正接触到大世界之后，发现大世界也小得可怜，仿佛一个笑话。与其如此，不如待在狼的家里，虽然从空中看下去，这不过是一个小得不能再小的黑点儿，但对于小鸭来说，这是世界上最大的地方。

03

和狼交往了一段时间后，小鸭的内心开始隐隐不安：狼为什么还不邀请她把牙刷带过来呢？

世界上最自然的事情就是转移牙刷。如果你把牙刷放到了别人家里，那意味着你们开始共同生活了。如果一间房子里没有你的牙刷，就意味着你没有住在这里。

所以小鸭关心的问题可以直接理解为：为什么狼不邀请她一起生活呢？如果狼不主动开口的话，她也不能直接把牙刷带来，因为你不能随便拿着自己的牙刷去别人家，总得有一个理由啊。

所以小鸭很伤心，她常常用怜悯和温柔的目光安抚着她那同样不开心的牙刷，甚至跟牙刷说：

"我不知道该对你说什么，我也不知道该怎么做，你是一个好牙刷，理应搬去狼的家里。但我们要有耐心，狼是孤狼，他的牙刷也是孤独的……"

小鸭对牙刷的独白越来越频繁，而她还有没有说出口的疑惑：狼到底在等什么呢？为什么还不开口？

狼没在等什么，从他见到小鸭的第一面——那天清晨在拱廊下遇见骑着滑板车的小鸭，又和她一起喝过了咖啡——就有了和小鸭结婚的念头。这只能算是一种无意识的想法，毕竟，那天他让小鸭走掉了。但这不妨碍他在潜意识里认为，总有一天他们会在一起。

狼是种奇怪的动物，对自己认定的事毫不动摇，却不去想着去实现它们。既然潜意识里认为自己一定会和小鸭结婚，那还有必要求婚吗？在他的爱情观里，结婚这件事仿佛已经发生过了。

所以，狼不是不想求婚，他只是忽视了这个步骤。

直到一天夜里，突然刮起了狂风。

狂风钻进狼的家，吹走了好多轻飘飘的东西，比如餐巾纸、方格桌布，还有蝴蝶标本。

狼仔细地检查了每个房间，确保重要的东西没有丢失。突然，他意识到小鸭不见了。

狼产生了一个可怕的想法：小鸭被风吹走了。毕竟她是只长着羽毛的小家伙。

随后，狼回过神来，意识到这是不可能发生的，因为小鸭并没有住在这里，所以不是她不见了，而是她没有来过。

狼觉得这既不可思议又无法忍受，决心立刻进行补救。他连忙向小鸭家——那个在山顶可以俯瞰大海的小房子跑去。幸好小鸭还躺在柔软的羽毛床上，轻声打着鼾。狼用力摇醒她，告诉她必须立刻住到自己家里，因为他……因为她……

"因为什么？"睡眼惺忪、羽毛蓬松的小鸭迷迷糊糊地问道。

"你愿意嫁给我吗？"

人们通常不会用一个问题来回答另一个问题，但小鸭对此并不在意。她在床上蹦来蹦去，在狼看来，这无疑代表她同意了。

小鸭一边蹦着，脑海里一边涌出来一大堆乱七八糟的问题：他们这一辈子会吃多少条烤鱼？家里需要添置什么装饰品？窗户上该不该挂窗帘？以后会生多少宝宝？这些宝宝长得像鸭子还是像狼？……

当晚，他们就确定了婚礼的日期和地点——周日的海边。

小鸭为结婚做的第一项准备，便是把自己的牙刷放到狼的家里。她把牙刷的每一根刷毛都清洗得干干净净，还轻轻地喷了点儿茉莉香水。接着小鸭用一个棉垫端着牙刷，郑重其事地跨进大门，把牙刷放在卫生间水槽上方的玻璃杯里，紧挨着狼的牙刷。小鸭对自己的牙刷轻轻说道：

"你们会成为好朋友的。"

她非常满足，仿佛放好了拼图的最后一块。

接下来，小鸭开始写邀请函。她想邀请之前遇见过的每一个动物，并且亲自叼着邀请函送到客人家里。

狼很担心。和这只谁也不是的漂亮鸭子结婚很好，但他仍希望能保持一点儿作为孤狼的孤独感。对他而言，孤独和赖以生存的空气一样重要。狼不希望拥有一个拥挤、混乱的婚礼，不希望在婚礼上看见飞起来的野鸭、飘落的羽毛，或者吵吵嚷嚷的其他动物。

一天早上，小鸭出发了，她叼着一捆五颜六色的卡片，对着狼毛茸茸的大耳朵低语道：

"别担心，我很快就回来。"

果然，几分钟后她便非常满意地回来了，她把所有的邀请函都送了出去。她走进房子，刷完牙，舒舒服服地躺到沙滩上，和鱼竿聊了几句——狼已经不再和鱼竿聊天了。小鸭担心鱼竿也会感到孤独，便把它们安置在了沙滩上的鱼篮旁边。

04

一个微风拂过的周日，小鸭和狼结婚了。

他们在最高的山顶搭建了一个举办婚礼的平台，这里可以俯瞰远处的大海。

来了很多客人，大约有二百三十位，但狼一个都没见着。他疑惑地问：

"他们都在哪儿？"

狼当然看不到他们，因为小鸭邀请的所有客人中只有鼹鼠朋友们来了，尽管把地道延伸到海边很不容易，但他们还是成功地来到了现场的地底。

其他朋友因为种种原因未能到场。

比如乔治，他真的去了牛津大学，如愿以偿地进入哲学系深造。他从早到晚都在思考，没有什么事能让他分心。

皮皮仿佛凭空消失了，谁也不知道原因，也没有谁能找到他。

卢西奥成了一位著名的整形外科医生，创办了一个断尾创伤修复中心。他找到了一种通过手术将壁虎断尾重接的办法，以替代尾巴自然再生过程中漫长的等待与巨大的痛苦。这一成果使得他变得举世闻名，也忙得不亦乐乎。最近，他忙于成年壁虎干细胞的研究，所以无法抽身前来参加婚礼。不过他送来了一张画着可爱壁虎的绿色贺卡，向小鸭和狼表达了美好的祝福。

小鸭的养父母——芬尼夫妇同样未能出席，他们看到小鸭要嫁给一只狼后，差点儿气晕了过去。

"是一只真的狼吗？"鹤夫人不甘心地确认了一遍，她无法想象自己该如何把这个消息分享给朋友们。

"这……可不是合适的伴侣！"芬尼严厉地评判道，他粉红色的羽毛耷拉在百科全书上。

至于弗兰科·冯达嘛，显然没有谁会邀请前男友出席婚礼，尤其是背叛自己的前男友！

所以，只有鼹鼠们来了。

确切地说，是二百三十只鼹鼠。他们挖了一个又一个地道，从各地赶来，在看不见的地方参加婚礼。直到此时，小鸭仍希望能和他们见上一面，可这个愿望还是落空了，毕竟他们是鼹鼠，怎么会露面呢！

婚礼现场仿佛空无一人，实际上宾朋满座，但如何证明呢？隐藏的东西依旧隐藏着，这就是所谓的地下世界。你可以说出来，但几乎没人相信，只有鼹鼠相信。其实这里有很多他们存在的迹象：现场周围遍布的环形隧道，仿佛一列列拱起的火车，紧紧围绕着这对新人，地底传来一阵阵庄严的婚礼颂歌。

天知道这些常年待在地底下的鼹鼠是从哪里学会的婚礼歌曲……

婚礼即将举行，高空中突然出现了一位意想不到的客人。他们看到空中有一个很小的小黄点儿，似乎在拍打着翅膀向他们问好。狼实在看不出来那是什么，看起来不是鸟，因为没有羽毛，但又是黄色的。难道是小鸭的某个远房亲戚吗？

小鸭一下子就认出来了，这是皮皮，他成功了！他变成黄色的了！他在天空中无声地飞过，只是想告诉小鸭，她送给自己的黄色羽毛奏效了。

"你是怎么成功的？"小鸭打着手势问道，但皮皮已经飞走了，他只是路过这里，来祝她幸福。皮皮现在是黄色的了，他应该像鸭子们一样，一路飞到非洲去……

"他是什么动物？"狼对于各种有翅膀的动物分辨不清。

"很明显啊，是一只蝙蝠。"小鸭不假思索地回答道，但内心却充满了担忧——皮皮变成了一只以为自己是鸭子的蝙蝠。

狼站在那里，仰望着天空，天上有粉红色的云、飞机留下的几行白色轨迹，还有那个在空中盘旋、痴迷于自己内心快乐的小动物。

狼把这视为吉兆，便没有继续问下去。自己都和一只骑着滑板车的鸭子结婚了，那看到黄色的蝙蝠又有什么好奇怪的呢？

o5

新娘和新郎并排站在台上。

新郎穿着灰色套装，新娘穿着黄色连衣裙，头戴羽毛帽，看起来还真像狼和鸭子。

客人们都是鼹鼠，不知道他们是什么装扮。

狼和小鸭突然意识到，他们的婚礼缺了一个非常非常重要的角色——主持婚礼的牧师。

在这四下无人的海边山顶，去哪儿找一个牧师呢？

荒野不是城市，没有广场，没有教堂，没有牧师，只有能够改变沙丘和景观的风，风又不会主持婚礼，到底该怎么办呢？

小鸭扔掉羽毛帽，一屁股坐在地上，低声哭起来。

她的眼泪浸入周围的荒地，渗入鼹鼠们的地下世界。他们很担心，既担心自己被泪水吞没，也担心朋友的婚礼无法顺利进行，于是，他们做出了一个决定。

眼前的一条地道突然隆起，越胀越高，最终裂开一个大洞口，一个身影钻了出来。

狼问道："这是什么？"

小鸭迟疑道："我也不知道……"

一只体形不大、毛茸茸的深棕色动物出现在这对夫妇面前。

他头上戴着一顶滑稽的金色教皇冠，长着三角形的嘴巴，眼睛紧闭着。他的身上穿着一件奇怪的白色外衣，脖子上披着一条垂到脚两侧的刺绣围巾，爪子末端的巨大指甲里全是泥土。只见他高高举起一个金色的圣杯，像极了一位在做弥撒的牧师。

"你是什么动物？"这对夫妇齐声问道。

"我是鼹鼠牧师……牧师！"鼹鼠回答道。

出于对朋友的关心和祝福，他们妥协了，决定派一只鼹鼠牧师来到地面上，帮助她完成婚礼，这也是他们送上的结婚礼物。

小鸭目不转睛地盯着鼹鼠，她终于看到鼹鼠的样子了，她的朋友精心打扮成牧师的模样，来帮助自己完成婚礼仪式，太令人感动了。

但她搞错了一点，这只鼹鼠真的是牧师，他曾经在神学院进修过，还得到了牧师任命状。

地下的鼹鼠们也都证实了这件事情。

鼹鼠牧师感受到了他们的惊讶，于是，对他们介绍起自己的地下世界。他知道人们对看不见的鼹鼠世界知之甚少，比如，人们总以为鼹鼠们每天都在挖地道。牧师说，他们的生活其实很丰富：打牌、缝纫、上学、开派对、举办障碍赛、开摇滚乐演唱会、周末散步……简而言之，他们的世界简单有序，每只鼹鼠都会做好自己的本职工作，不摆架子，不看电视。

"当然啦，我们也看不见，这个笑话真不错！"牧师哈哈大笑起来。

鸭子和狼面面相觑，谁能想到，一个看不见的、隐秘的地底世界，也许是最好的世界。

时间在悄悄流逝，夜晚正静静来临。再过一会儿，天就要黑了，黑暗会吞噬大海，风会带来寒冷。他们必须抓紧时间了。

鼹鼠牧师用鲜花、香氛和蜡烛布置了一个小礼坛，为狼和小鸭主持婚礼，他们俩交换了戒指。

当鼹鼠宣布他们正式结为夫妻时，新郎和新娘陶醉地看着眼前湛蓝的大海，仿佛大海才是他们婚礼的牧师。在以后漫长的一生中，他们会把这件事告诉他们未来的孩子，比如一只小狼和一只小鸭，以及他们的孙子们："你们知道吗？是大海为我们主持了婚礼。"

他们也许不会告诉子孙有关鼹鼠牧师的故事，因为即使说出来，也鲜有人会相信。

婚礼结束后，狼和小鸭拆除了山顶的礼坛和平台，把鲜花铺在草坪上，并对鼹鼠牧师致谢。鼹鼠牧师回到了熟悉的地下，继续在那个世界做着他的牧师工作。

狼回到家里，开始收拾起之前疏忽了的蜜月行李。小鸭坐在沙滩上，一种奇怪的幸福夹杂着一丝忧郁笼罩着她。她看着潮起潮落，似乎在一瞬间明白了：一切都会过去，没有什么是永恒的。比如，男朋友、妈妈、云彩……傍晚时分，海面之上的天空中，总是会有很多云飘过，它们步履匆匆，似乎在匆忙地向着某个地方赶路。

这时，一朵形状奇异的灰云从小鸭头顶掠过，它又低又矮，却无比巨大。小鸭全神贯注地盯着这朵云，它形状像……一只毛茸茸的拖鞋！老鼠般的外表，有两只耳朵，还有长长的胡须……天哪！是拖鞋妈妈！在她的婚礼这天，妈妈来祝福她了。狼从家里走出来，看见小鸭一动不动地坐在沙滩上，他问道：

"你在看什么？看路过的云彩吗？"他在小鸭身边坐下来，也抬头往天上看。

但他什么也没看到，所有的云都飘走了，天空换上了夜晚的颜色。

奇想文库

为当下和未来建造一片奇思妙想的自由天地

　　"奇想文库"以"奇想"命名，承自"奇想国童书"这个品牌名，是奇想国专门为6~12岁中国儿童打造的经典儿童文学书系，其意义源自我们的出版理念：

　　　　奇思妙想，是人类最宝贵的精神财富之一；

　　　　奇思妙想，帮助我们大力拓展知识疆界，创新求变，为世界带来无限可能性；

　　　　奇思妙想，使我们永葆天真好奇的目光，更敏锐地感知世界，体会快乐和幸福。

　　　　奇想国童书希望通过自己的出版物，帮助孩子和大人终身拥有奇思妙想的能力。

　　丰富的、自由的、无边界的、充满创造力的想象，在科学领域之外的文学世界，特别是儿童文学领域，拥有另一个广阔的舞台。优秀的儿童文学作品以出色的遐想和精彩的故事，带领小读者上天入地、通贯古今，自由穿梭于幻想与现实的天地，去探索无限丰饶的人类精神和无限奇妙的世界万物。真正优秀的儿童文学作品，必将滋养出拥有充沛想象力、丰富感受力、善良同情心以及出色表达力的孩子，帮助他们成长为一个快乐的、有趣的、符合未来社会发展需求的人。

　　"奇想文库"以"想象"与"成长"为主线，以"名家经典"和"大奖作品"为选品标准，在世界范围内为中国孩子甄选优秀的"幻想小说"和"成长小说"，让孩子通过持续的、多样化的阅读，为成长解惑答疑，为梦想插上翅膀，健康快乐地成长。

奇想文库系列，更多好书敬请期待……

Che Animale Sei? Storia Di Una Pennuta
Written by Paola Mastrocola
Illustrated by Simona Mulazzani
© 2005 Ugo Guanda Editore S.r.l., Via Gherardini 10, Milano
Gruppo editoriale Mauri Spagnol
Simplified Chinese translation copyright © 2024 Beijing Everafter Culture Development Co., Ltd.
All rights reserved.

江苏省版权局著作权合同登记 图字：10-2023-208号

图书在版编目（CIP）数据

　　那一天，小鸭决定离开 / (意) 葆拉·马斯特罗科拉
著；(意) 西蒙娜·穆拉扎尼绘；范琛译. -- 南京：
南京大学出版社, 2024.4
　　ISBN 978-7-305-27427-5

　　Ⅰ.①那… Ⅱ.①葆… ②西… ③范… Ⅲ.①童话－
意大利－现代 Ⅳ.①I546.88

　　中国国家版本馆CIP数据核字（2023）第231603号

出版发行　南京大学出版社
社　　址　南京市汉口路22号　邮　编 210093
项 目 人　石　磊
策　　划　刘红颖
　　　　　NA YI TIAN XIAOYA JUEDING LIKAI
书　　名　那一天，小鸭决定离开
著　　者　[意]葆拉·马斯特罗科拉
绘　　者　[意]西蒙娜·穆拉扎尼
译　　者　范　琛
责任编辑　邓颖君
封面制作　奇想国童书
项目统筹　李婉婷
装帧设计　李燕萍

印　　刷　固安兰星球彩色印刷有限公司
开　　本　880mm×1300mm 1/32开　印　张 5.75 字　数 120千
版　　次　2024年4月第1版　印　次　2024年4月第1次印刷
ISBN 978-7-305-27427-5
定　　价　35.00元

网　　址：http://www.njupco.com
官方微博：http://weibo.com/njupco
官方微信号：njupress
销售咨询热线：（025）83594756